다시 오는 그 밤
 안녕하길
2025. 10.
 김강

곧, 그 밤이 또 온다

소소한설(小笑寒說)
작고 재밌고 차가운 이야기

차례

7 규동의 기도

17 장미의 꽃을 기억하다

29 가로등이 깜빡거릴 때

41 까마중

51 제주시 애월읍 고내리

67 곧, 그 밤이 또 온다

77 이기전(李己傳) 1

87 이기전(李己傳) 2

99 사람들은 그저 무심했다

111 닭의 장풀

123 물을 주다

133	요즘 나온 것 중 제일 긴 영화
145	느닷없는 마음
155	소행성 L2001의 사멸
165	이틀 뒤에 뵙겠습니다
175	그렇게 왕 지렁이가 되었다
185	순신
195	대략 천 년
205	이것은 복권이야기
215	같이 가자 해놓고
224	작가의 말

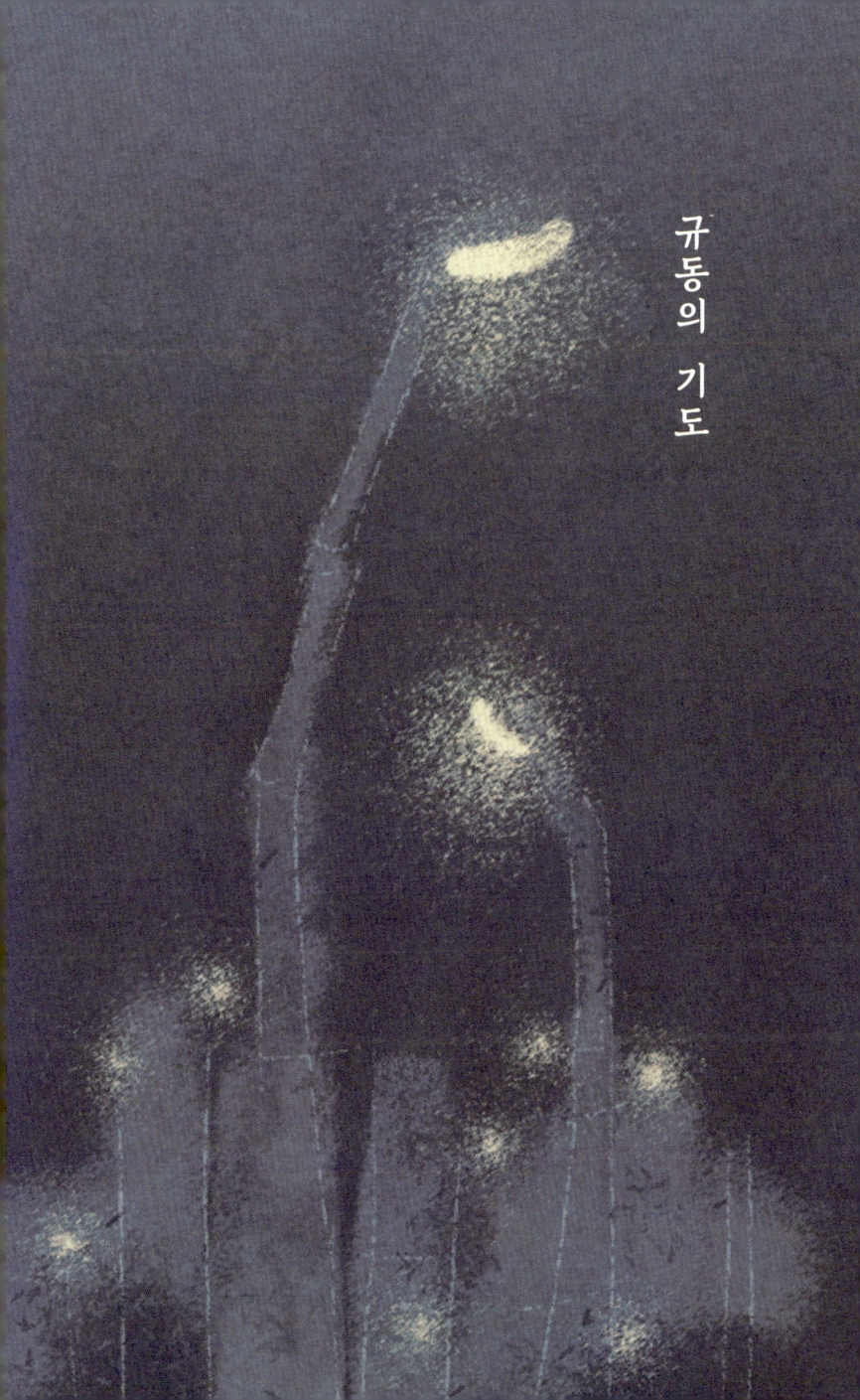
규동의 기도

그날 신이 규동의 기도를 들었다.

수십억 명으로부터 올라오는 기도들 중 어느 하나를 콕 집어서 들을 수 없어 그저 흘려보내는 것이 공평하다 여겼다. 간혹 제사장들이 골라낸 기도를 듣기도 하고 답을 주기도 했지만 그것은 예외적인 일, 드문 일이었다.

아니, 지들이 기도를 하면 내가 들어야 하는 거야? 내가 언제 지들한테 기도하라 그랬어? 찬양하라 그랬지, 숭배하라 그랬지. 내 뜻이 무엇인지 아는 것? 그것도 의미 없지. 내 뜻을 이해하든 말든, 내가 신경 쓸 것은 아니지. 내가 행하는 모든 것 그중 어느 하나 지들의 생각에, 지들의 기준에 부합하는가 안 하는가에 나는 관심이 없단 말이지. 나는 행하고 지들은 받아들이고 그런 거잖아. 그런데 쟤들은 왜 그러는 걸까?

평소 주위의 몇몇이 인간들의 기도에, 인간들의 세상에 관심을 가져주십사 청하면 신은 이렇게 답했었다.

 예전에는 그들의 기도를 즐기지 않으셨습니까? 누군가 물었다.

 그때야 인간들이 몇 명 되지 않았잖아. 그러니 들을만 했지. 한꺼번에 다 들을 수는 없어도 찬찬히 살펴보고 듣고 또 답을 주고 하는 것이 나름 재미있기도 했지. 그런데 어느 순간부터인가 재미가 없어졌어. 일단 시끄러워. 인간들이 많아지니까. 그렇다고 예전처럼 엎을 수도 없고. 지금 하는 꼴을 봐서는 내가 굳이 나서지 않아도 지들끼리 난리를 부리다 숫자를 조절할 것 같기도 하니 말이야. 게다가 누구한테 하는 기도인지 알 수가 없어. 나는 하나고 주소도 하나인데 수신자명이 다 달라. 그리고 기도가 너무 길어. 이건 뭘 바라는 건지 알 수가 없어. 끝까지 들어봐야 한다는데, 내가 그럴 시간이 어디 있어. 뭐, 그런 건 아무래도 괜찮아. 안 들으면 되니까. 그런데 답을 안 준다고 욕하는 놈들도 있단 말이지. 아니, 내가 답을 주겠다 약속한 적 있나? 아아, 자꾸 묻지 마. 짜증 나니까.

 이랬던 신이 그날 규동의 기도를 들었다.

기도에도 일정한 패턴이 있다. 계절의 변화, 낮과 밤, 인구 연령의 변화, 인구의 이동, 남반구와 북반구, 기술의 변화 등 여러 요인이 기도의 양과 흐름에 영향을 준다. 이런 요인들이 얽혀 최고지점과 최저지점을 반복하는 유형의 파동을 만든다. 인류의 수가 어느 정도에 이른 후부터는 기도의 파동은 일정한 유형을 유지해 왔다.

그런데 그날은 모든 인자들이 파동의 아래쪽으로 향했다. 지구를 뒤덮은 전염성 질환에다 북반구는 최악의 한파로 남반구는 겪어보지 못한 고온으로 제법 많은 인간들이 생명을 잃었고, 그들 대부분이 기도에 익숙한 연령이었고, 가장 규칙적이고 열렬한 기도를 하던 두 그룹은 서로 싸우느라 신을 잊어버렸고, 가상공간의 기도들은 SNS 계정이 없는 신에게 닿지 못했다. 기도의 파동은 아래로 향해갔다.

그날은 북반구에서 인구가 가장 많이 밀집해 있는 지역의 깊은 밤이 일 년 중 가장 오래도록 지속되는 날이었다. 그중 가장 깊은 시각 새벽 세 시 반에 규동이 소리 내어 기도 했다. 신의 유일한 이름으로, 네 개의 음절만으로. 삼 차까지 이어진 회식 후 돌아오는 길, 하늘을 올려다보며.

"신이시여, 행복하게 해 주소서."

신은 그날 규동의 기도를 들었다.

다음날 신의 사자 A가 규동의 직장으로 규동을 찾아왔다. 유리 칸막이 너머 면역화학검사기에 혈액 샘플을 넣고 있는 규동을 발견하고는 곧장 규동에게로 향했다. 칸막이를 돌아 규동의 앞에 서려던 순간 사자는 유니폼을 입은 사람에게 제지를 당했고 그는 사자를 데리고 데스크 앞으로 갔다. 사자는 엉겁결에 누군가의 이름과 주민번호를 대야만 했다.
"대기실에 앉아 기다리시면 이름을 부를 겁니다."
사자는 한동안 대기실에 앉아 있어야 했고 유니폼을 입은 이가 이끄는 대로 진료실에 들어갔고 우물쭈물 앉아 있는 사자의 얼굴을 보던 의사가 사자의 결막을 확인했다.
"빈혈이 있는 것 같습니다. 우선 검사하고 결과 나오면 다시 뵐게요."
의사의 말이 떨어지고 나서야 사자는 규동과 대면할 수 있었다.
"음, 오른쪽 팔을 이리 내밀어 이 쿠션 위에 편하게 놓으십시오."
"어떻게 하면 행복해지겠느냐?"
규동은 사자의 얼굴을 힐끔 쳐다보았다. 그러고는 사자의 위팔에 고무줄을 감았다.

"자, 주먹을 쥐시구요."

사자는 규동의 말에 따라 주먹을 쥐었다. 소독솜으로 사자의 팔을 몇 번 문지른 규동이 채혈 바늘로 사자의 팔을 찌르려던 순간이었다. 사자는 팔을 빼며 일어섰다.

"뭐 하는 것이냐?"

"검사를 하려면 피를 뽑아야지요, 어르신. 이러시면 안 됩니다. 다시 앉으세요. 최대한 안 아프게 해드릴게요."

"어젯밤 행복을 빌지 않았더냐? 나는 신이 보낸 사자다. 네게 행복을 물으러 왔다. 누구의 행복이냐? 너의 행복은 무엇이냐?"

규동의 기도를 들은 그날 신은 급하게 사자들을 불러 모았다. 그리고 규동의 기도에 대해 이야기했다. 오랜만에, 아주 오랜만에 인간의 기도를 들었고 웬만하면 들어주겠다는 뜻을 전했다. 그리고 어떻게 하면 규동을 행복하게 할 수 있는지 사자들에게 물었다. 신의 무관심을 충실히 따르던 사자들이었다. 최근의 인간들에 대해 알지 못했던 그들은, 그러나 최근이나 옛날이나 혹은 그들이 관심을 가지고 지켜보던 시절이나 인간의 본질은 변하지 않는다는 것을 믿고 있었다. 항상 그래왔으니까.

 부를 가져다주면 될 것입니다. 어떻게 하면 되느냐? 황금을 쏟아주면 되는 것이냐? 안 됩니다. 황금은 바로 사용할 수 없습니다. 게다가 횡재는 시기와 다툼을 불러일으키기 마련입니다. 세금도 많이 내야 할 겁니다. 그러면 행복이 사라질 것입니다. 차라리 그에게 신선한 생각과 가능한 상상력을 주십시오. 요즘 인간 세계에서는 새로운 기술, 새로운 물건이 곧 부를 뜻합니다. 안 됩니다. 어느 세월에 상상하고 생각하여 새로운 기술, 새로운 물건을 만들어 낸단 말입니까? 차라리 마음대로 세상을 주무를 수 있는 권력을 주시지요. 권력이라, 누구와 싸워도 이길 수 있는 힘을 말하는 것이냐? 저 헤라클레스처럼. 아닙니다. 지금 세상은 헤라클레스의 힘을 가진 자가 힘을 쓸 수 없는 세상입니다. 그런 자는 권력을 가진 자의 종이 될 뿐입니다. 요즘 세상은 부가 곧 권력이고 기술이 곧 권력입니다. 부와 기술은 안 된다고 하지 않았더냐? 이 녀석들이! 나와 말장난을 하자는 것이냐? 나더러 어떻게 하라는 것이냐?

 그때 사자 A가 앞으로 나섰다.

 먼저 다시 인간에게 관심을 가져 주신 신께 감사와 존경의 말씀을 드립니다.

그나마 가끔 인간 세상을 둘러보던 사자 A였다.

신께 한 말씀 올리려 합니다. 살펴 보건대 이 기도의 해법에는 세 가지 문제가 있어 보입니다. 첫째, 행복하다는 것이 무엇을 뜻하는지 저희는 명확한 기준 혹은 예를 가지고 있지 않다는 것입니다. 또한 우리가 기준 혹은 예시를 가지고 있다 하더라도 그것이 기도를 올린 그자의 행복과 같은 것인지 알 수가 없습니다. 두 번째는 어찌어찌 신께서 그를 행복하게 만들어 주었다 하더라도 그 행복의 유지 보수까지 책임을 질 것인가 하는 문제입니다. 신께서 넓고 깊은 사랑으로 그를 행복하게 만들었으나 그가 그것을 지키지 못한다면 어찌할 것인지에 대해 명확하지 않습니다. 마지막 문제는 그의 행복이 다른 인간의 불행을 전제로 한다면 그 또한 안 될 일이라는 것입니다. 이 모든 문제는 그 인간의 기도가 구체적이지 못한 것으로부터 비롯되었습니다. 심지어 목적어도 없습니다. 누구를 행복하게 만들어 달라는 건지.

말을 마친 사자 A는 약간 어깨를 으쓱거리며 뒤로 물러섰다. 오오, 다른 사자들은 고개를 끄덕이거나 긴 소매 끝 엄지손가락을 치켜세웠다. 한동안 물끄러미 사자 A를 바라보던 신이 입을 열었다.

그래서? 그래서 어쩌자고? 가만 보면 넌 말은 많은데 답이 없더라. 어쩌란 말이냐. 하지 말자는 말이야?

사자들은 치켜세운 엄지손가락을 소매 안으로 숨기고 고개를 숙였다. 슬며시 미소를 띠며.

제 말씀은.

아, 필요 없고, 너, 내려가 봐. 내려가서 물어. 뭘 바라는지, 뭘 해주면 행복할 건지. 그 인간에게 행복이란 것이 무엇인지.

규동은 채혈 주사기를 들고 사자 A를 쳐다보았다.

"어허, 이놈이 빨리 말하지 못하느냐? 너, 이 녀석, 행복이 뭔지는 아는 것이냐?"

"잠시만요."

규동은 한참 동안 사자의 얼굴을 들여다보았다. 그리고 전자 의무 기록지를 살폈다. 곧 고개를 끄덕이고는 키보드에 손을 얹었고 진료실 창으로 메모를 보냈다.

'아무개 환자, 채혈 거부, 횡설수설. 칠 층 정신건강의학과 진료 요망'

장미의 꽃을 기억하다

공이 형산을 지나는 중이었다. 낙동을 따라 내려오는 길, 동쪽 끝에 포(浦)라는 곳이 있다고 했다. 강과 바다가 만나고 너른 들판이 있는 곳이니 능히 사람을 낳고 기르기 적당한 곳이며 넉넉함과 모자람 모두 없으니 인, 의, 예, 지를 갖춘 이들이 모여 살기 좋은 곳이라 들었다. 공은 포에서라면 자신이 꿈꾸었던 세상을 펼쳐 보일 수 있을 것이라 생각했다. 그래서인지 공의 걸음이 평소보다 조금 빨랐다.

"스승님, 이번 일정은 무척 서두르시는 것 같습니다."

공의 뒤를 따르던 제자가 물었다. 많은 제자들을 내보낸 뒤 오직 한 명, 따르길 허락한 제자 기였다.

"이번 길이 마지막일 수도 있겠다 싶은 생각이 드는구나. 그러니 마음이 급해지는 것 같다. 힘드냐? 여기서 조금 쉬었다 가자."

공과 제자 기는 회화나무 그늘에 앉았다. 언덕 아래 형산 옆으로 흐르는 강이 내려다보였다. 기가 봇짐을 풀어 건포를 꺼내 공에게 올렸다. 공은 건포의 반을 떼어내고 남은 것을 기에게 건넸다. 둘은 건포를 우물거리며 그늘을 스치고 지나가는 바람을 즐겼다.

"시원하구나."

"네. 그런데 물기를 품은 바람인 듯합니다. 강을 지나온 바람인지, 그렇지 않으면 곧 비가 오려는지. 포라는 땅에 도착하려면 아직 많이 남았을까요?"

"글쎄다. 나도 초행이니 답해줄 수가 없구나. 마침 저기 누가 오는구나. 한번 물어보자꾸나."

언덕 아래에서 한 사내가 수레를 끌고 올라오고 있었다. 여름인 데다 해를 가리는 그늘이 없는 길이었다. 가깝지 않은 거리임에도 사내의 뺨과 등을 타고 흐르는 땀이 보이는 듯했다. 자리에서 일어난 기는 언덕 아래로 내려가 수레의 뒤를 잡고 밀었다. 사내는 잠시 멈칫하다 이내 미소를 보이며 묵례를 했다. 수레는 크지 않았으나 수레에 담긴 것은 꽤 무거웠다. 거적으로 덮어 놓은 것이었는데 기는 그것이 무엇인지 궁금했으나 묻지 않았다. 언덕을 다 오르고 난 후 물어볼까, 혹시 요기할 만한 것이면 조금 나누어 달라 말해볼까 생각하며 두 발로 땅을 박차고 두 팔로는 힘껏 수레를 밀었다.

수레가 언덕 위로 거의 다다랐다. 공은 두 팔을 들어 얼른 이리 오라 손짓을 했다.

"이쪽이오, 이쪽. 그늘 아래로 와 쉬시오. 여기서부터는 내리막이니 조금 낫겠지만 다리가 풀리면 수레의 힘을 감당하기 힘들 터이니 쉬었다 가시오."

사내는 그늘 아래에 수레를 세운 뒤 공에게 감사하다는 말을 했다.

"그늘이 내 것이 아닌데 무엇이 감사하단 말이오. 그나저나 수레에 든 것이 무엇이기에 이 더운 여름날 땡볕 아래 언덕을 오르고 계셨소?"

회화나무에 기대 땀을 훔치던 기는 먹을 것들의 이름이 나오길 기대하며 사내의 입을 보았다.

"시신입니다. 지난밤 명을 다한 한 노인의 시신입니다."

사내는 시신을 언덕 너머 내리막길 옆 계곡 아래에 버리기 위해 옮기는 중이라 했다.

"아니, 무슨 사연이 있는지 모르겠으나 명을 다한 지 하루 만에, 그것도 장례를 치르지 않고 깊은 계곡 아래에 버린다는 것이 말이 되는 것이오? 포의 풍습이 그러하오?"

"사연이 있지요. 죽은 지 하루 만에, 계곡 아래에 버릴 만한 사연이 있습니다."

사내는 고개를 들어 중천에 뜬 해를 가늠하고는 시신을 버리고도 마을로 돌아갈 시간이 충분하다며 공에게 시신의 사연을 들어보겠는지 물었다. 공은 시신과 사내의 사연을 듣고 나면 굳이 포로 발걸음할 이유가 없어질지도 모르겠다는 생각을 했다.

"말해보시오. 들어나 봅시다."

시신의 주인은 교(交)라는 사람이었다. 교는 포에서 태어나 칠십여 년을 지낸 뒤 전일 집에서 숨을 거두었다. 가업으로 이어오던 의업을 물려받았다. 이미 약관에 침술에 있어 근방에서는 따를 자가 없었다. 또한 대대로 물려받은 약제에 관한 방대한 비방으로 고칠 수 없는 병이 없다는 소문이 돌 정도였다. 비교적 넉넉한 환경에서 자란 탓에 세상사에 대한 식견 또한 낮지 않아 인근의 여러 사람들이 질병이 아닌 다른 문제가 생길 때에도 찾아와 상의하고는 했다. 식견에 못지않게 의협심이 깊었고 긍휼의 마음은 넓었다.

한번은 이런 일이 있었다. 몰려드는 병자들로 인해 여럿의 제자를 두고 의원을 확장하여 '지민원(志民院)'이라 이름을 붙인 지 서너 해가 지난 즈음이었다. 이미 전년부터 흉년이 들었던 데다 가뭄으로 그 해 농사도 곡식의 수확이 적어 다른 이유가 아닌 먹을 것이 없어 쓰러지고 엎어지는 사람들이 많았다. 교는 자신의 곳간을 열고, 지민원에 자리를 내어 사람들을 구제하려 했으나 자신만의 힘으로는 모든 것을 해결할 수 없었다. 고민 끝에 교는 지역의 부호인 저(猪)를 찾아갔다. 교가 저에게 말하길, 가뭄으로 많은 사람들이 곤경에 처했으니 어찌하는 것이 좋겠습니까? 곤경에 처한 이들이 곧 어르신의 이웃이며 어르신 부의 원천이 아닙니까? 일단 이들이 살아야 어르신과 어르신의 일가도 살 수 있는 것이 아니겠습니까? 부디 창고를 열어 인정을 베푸시길 청합니다. 낮으나 명확한, 겸손하나 추상같은 교의 말을 못 들은 척할 수 없었던 저가 답하기를, 교의 말이 틀리지 않으이. 내 창고를 열어 곡식을 풀도록 하지. 다만 공으로 나누어 줄 수는 없으니 빌려 간 곡식의 삼 할을 이자로 받아야 하지 않겠나. 저의 말을 들은 교는 저의 얼굴을 빤히 쳐다본 뒤 이렇게 다시 말하였다. 어르신의 뜻이 그러시다면 그렇게 해야겠지요. 다만, 어르신의 말씀을 듣고 나니 문득 생각하지 못했던 것이 생각나 말씀드리겠습니다. 이미 알고 계시겠지만 저희 지민원의 모든 힘을 다하여 사람들을 돕고 있어 다른 일에 신경 쓸 여력이 없습니다. 하여 저 어르신의 일가와 식솔들이 행여 아프거나 질환으로 고통받는 일이 생기더라도 저희가 어떻게 할 도리가 없다는 것을 이해해주십시오. 혹 그런 일이 생기게 되면 조금 멀겠지만 저기 형산 너머 있는 작은 의원을 불러 스스로를 돌보시기 바랍니다. 저는 그제야 이 사람 교, 내 말을 끝까지 들어보시게. 삼 할은 받아야 하나 인정상 또 어찌 그렇게 하겠나. 빌려 간 만큼만 돌려받을 테니 모쪼록 상황이 힘들더라도 우리 일가와 식솔의 고통을 외면하지는 마시게. 하였다. 사람들은 넉넉하지는 않으나 큰 피해 없이 그 해를 넘길 수가 있었다. 사람들은 화타나 편작이 살아온다 해도 그리 하지는 못했을 것이라며 교를 칭송했다.

"그런 훌륭한 이의 시신을 깊은 골짜기 아래에 버리려 한단 말씀이오? 세상에 그런 법이 어디 있소."

기가 사내를 보며 큰 소리를 내었다. 공이 손을 들어 말리지 않았다면 기는 아마도 사내와 드잡이를 했을 것이다. 사내가 기에 못지않은 큰 소리로 말했다.

"그 훌륭함이 삼십 년을 가지 못했다 이 말입니다."

"그건 또 무슨 말이오. 어서 말해보시오."

약관에 의술을 시작한 교가 마흔이 되었을 즈음, 교의 의술은 더욱 깊어졌고 그를 따르지 않는 의원이 없었다. 인근

삼백 리 내 모든 의원은 지민원의 분점이 되었다. 그때 교가 변했다. 어떤 사연인지 알 수 없으나 교가 가졌던 의협심과 긍휼함은 사라졌다. 병자의 상황에 맞추어 받던 치료비와 약값을 일괄하여 거두기 시작했다. 치료를 시작하기 전 병자의 여력을 살펴 그가 치료비나 약값을 제대로 낼 수 없다 판단이 되면 병자를 거두지 않았다. 손을 대면 살 수 있다는 것을 뻔히 알면서도 제대로 된 대가가 없다면 움직이지 않았다. 제자들에게 병자의 치료를 맡기는 일이 잦아졌고 그만큼의 시간에 저와 저의 친구들과 함께하며 놀고 마시고 처자를 희롱했다. 그럼에도 사람들은 교에게 깊은 뜻이 있을 것이라 믿었고 교의 변화와 관계없이 존경의 마음으로 교를 대했다. 그러던 어느 해였다. 포에 역병이 돌았다. 이전에도 역병은 심심치 않게 발생했지만 포의 사람들은 역병을 두려워한 적 없었다. 교가 있었고 지민원이 있었기 때문이었다. 역병이 발생하면 교는 지민원의 의원들과 함께 밖으로 나와 병자를 찾아 치료하고 병자가 아닌 자들이 병자가 되지 않도록 힘썼다. 그런데 이번에는 달랐다. 교는 저와 저의 친구들의 일가, 식솔들을 지민원으로 부른 뒤 지민원의 문을 굳게 닫아걸었다. 사람들이 문을 두드리고 울부짖으며 도와 달라 하였지만 교는 꿈쩍하지 않았다. 이미 병자로 꽉 차 더 이상 받을 수가 없으니 알아서들 잘 대처하라는 글을 내걸었을 뿐이었다. 포의 사람 태반이 역병으로 사라진 뒤에야, 더 이상 역병 환자가 없다는 것을 확인한 뒤에야 교는 지민원의 문을 열었다. 그리고 가장 먼저 한 것은 역병으로 죽은 이들의 가족들로부터 그들의 토지를 싼값에 사들이는 것이었다. 사람들은 지민원(志民院)을 지민원(地泯怨)이라 부르기 시작했고 교(交)는 교(狡)가 되었다. 이후 지민원은 가파른 내리막을 향했다. 제자들과 의원들은 지민원을 나와 자신들의 의원을 열었고 지민원은 결국 문을 닫았다. 교는 사두었던 토지를 산 가격보다 더 싼 값에 넘겨 그 돈으로 식솔들의 생계를 유지해야 했다. 교는 이후 죽을 때까지 젊은 날의 교로 돌아가지 못했다. 돌아갈 기회를 그 누구도 주지 않았다.

"남아 있는 식솔들은 죽은 교를 위해 해 줄 수 있는 것이 없었습니다. 마을 사람들이 나설 수밖에 없었지요."

포의 사람들은 교의 장례를 어떻게 치를 것인가를 두고 회의를 했다.

"논의의 결론이 계곡에 버리는 것이란 말이오? 그게 옳소? 비록 그가 뒤에 와서 사람답지 않게 살았다고는 하나 천벌을 받아 마땅한 사람이기는 하나 그 이전에 마을 사람들을 위해 행한 선한 일은 그러면 어떻게 되는 것이오?"

기가 다시 사내에게 물었다. 조금 전보다는 훨씬 부드러운 목소리였지만 여전히 불만이 섞여 있었다. 사내가 고개를 끄덕이며 답했다.

"그럴 리가 있겠습니까? 비록 역병에 태반이 죽었지만 젊은 날의 교 덕분에 그만큼이라도 살았고 살아남은 사람도 교의 손을 거치지 않은 자가 없으니 교의 죽음을 그냥 지켜볼 수는 없는 일이었습니다. 결국 우리는 장례를 나누어 치르기로 했습니다. 지금 마을에서는 교의 오일장이 치러지고 있습니다. 계곡에 버려질 이 시신은 마흔 이후의 교입니다. 마을에서 치러지는 장례식은 젊은 날의 교를 위한 것이고. 아이고, 늦었습니다. 저도 이것 빨리 버리고 돌아가야겠습니다. 허기도 지고."

사내가 언덕을 넘어 수레를 끌고 내려갔다. 기는 도와줄까 어쩔까 망설이는 눈으로 공을 보았지만 공은 묵묵히 형산 아래 강만 볼 뿐이었다.

"스승님, 어찌할까요?"

기가 물었다.

"장미의 꽃을 기억하는 곳이구나, 이곳 포는. 좋다, 좋아."

공이 답했다.

가로등이 깜빡거릴 때

빈소는 이 층에 있었다. 민성이 계단과 승강기 사이에서 머뭇머뭇하는 사이 아버지는 계단을 올랐다. 아버지는 접객실을 힐끗 본 뒤 빈소로 들어갔다. 민성은 빈소 입구에 세워진 화환 두 개를 살피다 빠른 걸음으로 아버지를 쫓아갔다. 아버지와 민성은 욱이 삼촌의 영정과 마주했다.

웃고 있었다. 민성에게 코트를 사주던 시절 욱이 삼촌의 얼굴이었다. 욱이 삼촌, 저 왔습니다. 욱이 삼촌의 얼굴을 보던 민성이 혼잣말을 했다. 아버지가 민성의 소매 끝을 잡아당겼고 아버지와 민성은 엎드려 절을 했다. 아버지는 한동안 그대로 있었다. 언제 일어나시려나? 아버지를 살피다 정작 욱이 삼촌에게 한마디 말을 하지 못했다는 것을 깨달았을 때 후우, 숨을 내쉬는 소리와 함께 아버지가 일어났다.

민성과 민성의 아버지는 빈소에서 나와 접객실 한쪽 모서리 테이블에 앉았다.

"아주버님, 멀리서 오시느라 고생하셨지예. 민성이 니도 오느라 수고 많았제? 니가 아버지 모시고 왔나?"

"네. 숙모님하고 동생이 힘든 일 감당하시는 것에 비하겠습니까?"

아이고. 고개를 숙이며 혼잣말을 내뱉는 숙모의 손등을 사촌이 쓰다듬었다.

"멀리서 이렇게 와 준 것만 해도 고맙다. 뭣 하나 제대로 준 것 없는 삼촌 아이가. 하긴, 그래도 조카 중에는 니하고 젤로 가깝지 않았나?"

민성이 어릴 적 욱이 삼촌은 명절이나 제사, 때로는 특별한 일이 없을 때도 간간이 민성의 집을 찾아와 한참을 앉아 있다 가고는 했다. 약간은 낯선 듯 혹은 약간은 겁먹은 듯 두리번거리다 아버지나 어머니, 형제 중 한 명이 요즘은 어찌 지내는지 물으면 그제야 반색을 하며 입을 열었지만 욱이 삼촌이 말을 잇는 사이 어머니는 주방으로 아버지는 화장실로 갔다. 그러면 욱이 삼촌은 민성을 앞에 두고 비밀인 듯 낮은 목소리로 말을 했다. 민성은 알아듣지 못하면서도 고개를 끄덕이곤 했다.

그런 밤들 끝에 욱이 삼촌은 항상 현관에 서 있었다. 민성의 아버지나 어머니가 내민 돈을 머뭇거리지 않고 받았다. 바지 주머니에 넣고 고맙습니다, 큰 목소리로 인사를 했다. 민성의 머리를 쓰다듬은 후 현관을 나서는 욱이 삼촌을 보며 민성은 아버지나, 어머니가 왜 욱이 삼촌에게 자고 가라는 말 한마디 하지 않는지 가끔 궁금했다. 어떤 날은 아버지나 어머니 누구도 욱이 삼촌에게 돈을 주지 않기도 했는데 그런 날 욱이 삼촌은 제사 음식이 든 종이 가방을 든 채 말없이 현관을 나섰다.

"제수씨가 고생이 많습니다. 오늘만이 아니고 시집와서 지금까지."

"제가 뭘요. 한 게 뭐 있습니까. 하긴, 솔직히 말해서 아주버님 앞에서 할 말은 아니지만 한편으로는 속이 시원합니다, 아주. 이제야 끝났나 싶기도 하고요."

숙모는 쟁반에 있는 음식을 상 위로 옮기며 아주버니는 한 잔하셔도 되는 것 아니냐 물었고 민성의 아버지는 잔을 내밀었다.

"술 때문이지예. 뭐, 다른 이유가 있겠습니꺼?"

욱이 삼촌이 죽던 날 숙모는 다른 곳에 있었다. 벌여 놓은 일이 많아 일주일에 사오일은 다른 곳에서 지냈다고 했다.

"일이 벌어지기 이틀 전 얼굴을 본 것이 마지막이 되었습니더. 그날 좀 심하게 다퉜어예."

술 때문이었다. 욱이 삼촌이 만성 췌장염과 알코올 중독으로 여러 번 입원과 퇴원을 반복한 뒤로 숙모는 집안에 술병이 보이면 개수대에 모두 비웠다. 그날도 그랬다.

"처음에는 고마 술을 마시게 두는 게 제가 편하더라고요. 술버릇이 나쁜 사람은 아니었으니까. 마시고 마시고 또 마시고 그카다가 조용히 잠을 자니까. 근데 이게 병이 되고 병원을 왔다 갔다 해야 되고, 또 병원에 가만히 있으모 되는데 퇴원하겠다고 난리를 부리고, 그러니까. 온전히 제 몫이 된 거지예."

집안을 구석구석 뒤지는 것, 집을 비웠다 돌아온 숙모가 제일 먼저 하는 일이었다. 소주 병뚜껑이나 술이 포함된 마트 영수증을 찾아내는 날이면 삼촌과 심하게 다퉜다.

"울고불고 그러지는 않았으예. 니 죽고 나도 죽자, 이렇게는 못 살겠다. 그게 제가 할 수 있는 젤로 심한 말이었지예."

최근 한동안은 잠잠했다. 숙모가 동네 마트와 편의점을 찾아가 삼촌에게 술을 팔지 말라고 신신당부를 하고, 가까이 있는 몇몇 삼촌의 친구들을 불러 부탁을 한 뒤였다.

"그런데 그게 아니었던 거라예."

삼촌 밥을 챙겨주고 반찬이라도 몇 가지 만들어 두려고 집에 들른 숙모가 쓰레기봉투에서 찢어진 마트 영수증을 찾아냈다. 걸어서 한 시간은 떨어진 다른 동네의 마트였다. 숙모는 신발장 낡은 구두와 장화 안에서 소주를 찾아냈다.

"다퉜다기보다는 제가 일방적으로 화를 낸 거지예. 대꾸를 하기도 했지만 아주버니도 알다시피 그 사람 성질은 순하다 아입니꺼."

그렇게 집을 나오고 얼마 지나지 않아 숙모는 괜한 마음에 전화를 했지만 삼촌은 전화를 받지 않았다. 또 어디선가 술을 사 와서 마시나, 싶었지만 될 대로 되라 하는 마음에 몇 번 더 전화를 하다 말았다.

오륙 년 전 민성은 욱이 삼촌의 전화를 받았다. 소식을 듣지 못한 지 꽤 많은 해가 지난 뒤였다. 민성에게 뭔가를 기대하는 것 같지는 않았다. 그저 네. 네. 아, 네. 하다 통화가 끝났다. 이후 이삼 개월 간격으로 욱이 삼촌이 전화를 했다. 췌장이 안 좋아 입원을 했다는, 대상포진에 걸려 고생을 했다는, 술을 끊으려 입원을 했었는데 잘 안되었다는 전화가 이어졌다. 술에 취한 듯 어눌하고 정확하지 않은 발음으로 아프고 외롭다는 전화가 왔을 때 민성의 머릿속 기억들이 밖으로 쏟아져 나왔다.

 시도 때도 없이 찾아와 아버지와 어머니에게 돈을 달라 행패를 부리던 삼촌의 눈빛, 아버지께 듣기 싫은 말 한마디를 들은 날이면 민성을 매몰차게 내던졌던 레슬링, 할머니가 남긴 얼마 안 되는 유산을 누가 가져갔느냐며 어머니를 몰아세우던 저녁, 자기는 받은 것도 없고 배우지도 못했으니 형들이 누나들이 책임지라며 엎었던 제사상이 앞, 뒤 구별 없이 부딪히고 섞였다. 할부금을 내지 않고 사라져 아버지가 대금을 지급했던, 집 담벼락 아래 서 있기만 하다 어디론가 팔려간 검정 세단 자동차. 그 자동차를 두고 아버지와 어머니 사이에 오갔던 고성이 귓가를 스쳤다.

 민성은 아버지에게 욱이 삼촌의 전화 이야기를 했다.
 "네게도 전화를 했더냐?"
 아버지는 한숨을 쉬었다.
 "내가 네게는 전화하지 말라고 했는데. 다시 한번 이야기해야겠다. 너한테는 전화하지 말라고 일러둘 테니 혹시 다음에 다시 전화가 오거든 받지 마라."
 아버지는 미안하다는 말을 덧붙였다. 이후로도 몇 번 욱이 삼촌으로부터 전화가 왔었지만 민성은 아버지의 말을 잘 따랐다.

"다음 날 저녁에 삼촌이 전화를 했더라."

숙모의 말을 듣던 아버지가 화장실에 다녀오겠다며 일어서자 숙모는 민성에게로 고개를 돌렸다.

"그날 내가 많이 바빴다. 삼촌이 벌이를 못 하니 내가 해야 안 되겠나. 이곳저곳에 열어놓은 가게들도 챙겨봐야 하고. 가게라고 해봤자 내 가게도 아니지만. 숙모가 다른 사람한테 월급 받고 관리하는 가게가 몇 개 있거든. 근처 촌에. 뭐, 자세한 것은 민성이 니가 알 필요는 없고. 무슨 일 있으면 또 전화를 하겠지 싶었다. 그런데 다음 날 아침까지 전화가 없는 거라. 받지도 않고."

숙모는 타지에서 살고 있는 아들에게 연락을 하려다 말았다.

"바쁜 아를 성가시게 하고 싶지 않았거든. 그런데 뒤에 들어보니까 자한테도 여러 번 전화가 왔었단다. 하필이면 자도 그날 회사 회식이 있어서 정신이 없었다네. 전화도 못 받았고. 그때 이 사달이 난 거라."

가로등이 휙휙 지나갔다. 다가오는 가로등 하나가 깜빡거렸다. 저렇게 깜빡거리다가 언젠가는 빛을 잃을 터였다. 지금 뭘 할 수 있겠어. 결국 누군가 알게 되겠지만 역시 뭘 하지는 않겠지. 세상도 그대로일 것이고. 민성은 네비게이션 화면의

도착 예정 시간을 확인한 뒤 힐끗 옆자리의 아버지를 보았다. 아버지는 두 손을 가지런히 모아 벨트 위에 올려놓고 눈을 감고 있었다. 민성은 스피커의 볼륨을 낮췄다.

"무슨 일이냐?"

비스듬히 누워있던 아버지가 자리를 고쳐 앉았다.

"주무시는 줄 알고."

"잠이 오면 자려 했는데 잠이 안 오네."

민성은 아버지의 말에 대꾸를 하려다 말았다. 깜빡이를 켜지 않고 들어온 컨테이너 트럭 때문에 브레이크를 살짝 밟아야 했다.

"그날 욱이가 전화를 했더라. 두 번. 벨이 울렸는데 안 받았다. 조금 피곤했거든. 그저 똑같은 전화겠거니 했다. 아무 생각 없이 말이다. 정말 아무 생각 없이. 아침에 일어나보니 부재중 전화가 세 통 더 와 있더라."

눈을 감은 채 민성의 아버지가 말했다.

"그게 마음에 걸린다."

전조등 불빛을 보고 달려드는 날벌레들이 앞 유리창에 부딪혔다. 툭툭 터지는 소리가 났고 앞 유리창이 흐려졌다. 민성은 와이퍼를 움직여 유리창을 닦아냈지만 닦이지 않았다. 눈을 한 번 세게 깜빡이고 나서야 시야가 맑아졌다.

"전화를 받으셨어도 할 수 있으신 게 없었을 겁니다. 그 전화가 그게 아니었을 수도 있고. 그저 항상 그랬듯 한잔 마시고 횡설수설 늘어놓으려 했을 겁니다. 너무 마음에 두지 마십시오."

"그래도, 후우. 너는?"

"예?"

"너한테는 전화 안 했더냐?"

민성이 급하게 핸들을 꺾었다. 민성의 차가 흔들리며 2차선으로 들어섰다.

"죄송합니다. 갑자기 앞이 안 보여서요. 방금 마주 오던 트럭이 상향등을 켰더라고요. 아버지, 방금 뭐라고 하셨습니까? 제가 잘 못 들었습니다."

까마중

무릎까지 자란 까마중 무리를 헤치며 나아갔다. 까마중은 좁고 깊은 골을 따라 양쪽으로 나 있었다. 골바닥은 물기가 많아 걸음을 내디딜 때마다 진흙이 신발 바닥에 붙거나 뒤로 튀었다. 까마중 열매가 식용이라는 이야기를 누가 해줬더라? 나는 눈으로 최의 장딴지를 쫓으며 까마중 이야기를 누가 해줬는지, 자신이 까마중의 이름을 어찌 알고 있는지 떠올렸지만 어렴풋한 기억조차 없었다. 나는 재채기를 하려다 못한 것처럼 답답해져 도리질을 했다.

 "얼마나 더 가야 하는 거지?"

 최가 물었지만 아무도 대답하지 못했다. 애초에 길잡이를 자처했던 박이 급한 일이 생겼다며 산에서 내려간 뒤로 우리는 기댈 곳이 없었다. 지도가 있었지만 소용없었다. 우리는 지도의 길 바깥에 있었다.

산행 이튿날 아침 박이 지름길을 안다, 지름길로 가자고 했을 때 아무도 말리거나 거부하지 않은 탓이었다. 박을 탓한 탓이기도 했다. 그때 물었어야 했다. 왜 지름길로 가야 하는지? 정해진 시간이 있는 것도 아닌데, 그저 산을 즐기러 온 것인데 지름길로 갈 이유가 하나도 없는데, 왜 서둘러야 하는지? 우리는 묻지 않았다. 그저 지름길이라는 단어에 홀린 듯 그래? 지름길이 있다면 그리로 가야지, 했다.

박은 길을 만드는 사람처럼 걸어갔다. 두 시간, 세 시간 동안 마주 오는 사람 한 명 보이지 않자 우리는 박을 탓하기 시작했다. 박은 우리가 번갈아 가며 얼마나 남았느냐? 길을 아는 것은 맞느냐? 제시간에 도착할 수 있는 것이냐를 물어대자 지도를 꺼내 지금 우리가 있는 위치와 기존의 등산로, 그리고 산장이 있는 곳, 산장까지 가는 길에 대해 설명해주었다. 그러고는 잊고 있었던 중요한 일이 갑자기 생각났다며 너희들끼리 다녀오란 말을 남기고는 내려가 버렸다. 차라리 욕을 하거나 화를 내었다면 맞서거나 달래거나 했을 텐데, 박은 차분히 그리고 친절하게 설명을 해준 뒤 돌아섰다. 되돌아가는 박을 멍하니 보던 우리는 박의 모습이 사라지고 나서야 정신을 차렸다.

"저 자식 혼자 내려간 거야?"

우리는 잊고 있었다. 녀석의 별명이 '나안해'였다는 것을.

"그러니까, 지금 저 녀석이 '나안해' 한 거야? 그런 거지? 개새끼."

한동안 우리는 없는 박을 놓고 욕을 했다. 하지만 이내 의미 없는 일이란 걸 알아차렸다. 돌아갈지, 앞으로 갈지. 선택해야 했다.

"아직 오전이니까 밤이 되려면 멀었잖아. 우리가 빈 몸으로 온 것도 아니고 산행 준비해서 왔는데, 일단 가 보자고."

아침에 출발했던 곳까지 되돌아가서 그곳에서부터 정식 등산로를 따라가자는 의견과 그렇게 되면 날 저물기 전에 다음 산장에 도착하기 힘들 것이고 야간 산행을 해야 하는데 야간 산행이야말로 위험하니 가까운 등산로를 찾아보자는 의견으로 나뉘었지만 우리는 의외로 침착했고 서로를 존중했다. 박과는 다른 사람이라는 것을 증명하려는 듯 보였다. 무엇이 좀 더 합리적인지 스스로에게 물었다. 시간에 쫓기지 않는다는 것, 함께 하는 산행이 목적이라는 것에 동의한 우리는 되돌아가는 것을 선택했다. 여차하면 지난밤 묵었던 산장에서 하루를 더 보낸 뒤 다음날 출발해도 된다는 것까지. 어설프고 고집 센, 속 좁은 길잡이에게 뭔가를 보여주고 싶었다. 이미 뭔가를 보여준 듯한 뿌듯함이 가슴속을 채웠다. 우리는 왔던 길을 되돌아가기 시작했다. 옅은 홍조를 띤 채, 가끔은 노래를 부르고 가끔은 끝말잇기를 하며. 한 시간 정도 지났을 즈음, 우리는 조용해졌다. 앞 사람의 장딴지만 내려다보며. 이따금씩 말을 했는데 주로 이런 것들이었다. 여기가 맞아? 이것 본 적 있어? 처음 등산로를 벗어나 지름길로 들어선 지점까지 가는 것이 관건이었다. 우리는 오는 동안 보았던 것들을 기억해내며 걸었다. 처음에는 모두의 기억이 같았다. 하지만 시간이 지날수록 기억이 달라지기 시작했다. 지름길이라는 것이 애초에 길이 아니었던 탓에 그 흔한 산악회 리본도 없었다. 그리고 내가 까마중을 보았다.

골을 따라 양쪽으로 자란 까마중 무리 뒤쪽으로 너른 바위가 보였다.

"저기서 좀 쉬었다 가자. 방향도 정하고."

아직 해가 지기에는 남아 있는 시간이 많았다. 산장으로 돌아가는 길이 보이지 않았지만 우리 중 누구도 당황하거나 조급해하지 않았다. 우리는 무리가 주는 평온함 속에 있었다. 박의 핸드폰은 꺼져 있었다. 하지만 신호가 간다는 것이 우리에게는 더 중요했다. 언제든지 119에 전화하면 되는 것이니. 쉬는 동안 이런저런 이야기를 했다. 김은 영상에서 본 오지에서 살아남는 프로그램에 대해 이야기했고, 이는 박의 지난 '나안해' 만행을 하나씩 짚어가며 늘어놓았고, 최는 미국 주식시장과 한국 주식시장의 차이에 대해서 설명했다. 나는 녀석들의 이야기를 흘려들었다. 아니, 흘려들렸다. 까마중 무리를 살펴보느라. 내가 아는 무리들은 항상 앞서거나 이끄는 존재가 있는데, 하다못해 박 같은 놈이라도 생기는 법인데, 까마중 무리에는 그런 놈들은 없을 것 같았다. 그저 똑같은 흰 꽃과 똑같은 까만 열매를 달고 있을 뿐.

"이 근처가 밭이었나 보다. 화전민이나 뭐, 그런."

최가 꺼낸 삼성전자 주가 이야기를 끊으며 내가 말했다.

"그걸 어떻게 알아?"

이가 물었다.

"저기 보이는 녀석들이 까마중이거든. 물론 산에서 자랄 수도 있기는 한데 주로 밭에서 자라는 녀석들이야. 게다가 일 년생이고. 하나도 아니고 저렇게 무리 지은 것을 보면 대대로 여기서 살아온 것 같아서 말이야. 좀 오래전에 화전민이나 그런 사람들의 밭이었다가 지금은 숲이 된."

"그렇다면 길이 연결된 곳이겠네. 흔적이 있을 수도 있고. 캬, 우리가 잘 찾아왔네."

우리는 주위를 살펴보기로 했다. 길을 찾는 목적도 있었지만 호기심이 더 컸다. 오래전에 누군가 살았던 곳이라는. 얼마 지나지 않아 최가 모두를 불렀다.

"여기 뭐가 있어."

군데군데 파이고 검게 썩은 나무기둥과 돌멩이가 온전히 몸을 드러낸 흙벽, 부서지고 구멍이 난 석면 슬레이트 지붕. 예전에 이곳에 살던 사람들이 쓰던 창고 같았다. 반쯤 부스러진 문 앞, 풀 사이로 부서진 석면 슬레이트 조각들이 제법 보였다. 기둥이었을 것 같은 통나무도 몇.

"야, 기둥이 쓰러졌는데도 건물은 그대로다. 그지? 어설프기는 해도 옛날에 지은 것들은 튼튼하단 말이야."

이가 통나무를 발로 툭툭 건드렸다. 발이 닿는 곳마다 부스러기가 떨어졌다.

"저건 헛기둥이야, 헛기둥."

김이 말했다.

"기둥은 기둥인데 기둥이 아니야. 멋을 부리거나 부수적인 용도로 쓴 거지. 없어도 건물에는 아무런 영향을 주지 않아."

박가놈 같은 거네. 누군가 말했고 우리는 모두 웃었다. 그리고 이어서 누가 먼저랄 것 없이 창고 뒤편으로 어슴푸레 보이는 길을 보았다. 풀로 덮여있기는 했지만 나무들 사이로 이어지고 자연적으로 만들어졌다고 볼 수 없는 너비를 가진, 예전 이곳에 살던 사람들이 걸어 다녔을. 아카시나무들이 침

범하지 못했고 소나무 뿌리들이 조금씩 드러나 있는 것이 분명한 길이었다. 어디론가 이어져 있을 길이었다.

우리는 어디론가 이어져 있을 그 길을 따라 걷기 시작했다. 길이라 믿고 걷기 시작했지만 혹시나 하는 마음도 있었다. 하지만 걸으면서 점점 더 확신이 생겼다. 풀이 덜 자란 길바닥이 보였고 간혹 계단처럼 보이는 너른 돌판도 보였다. 김이 다시 콧노래를 흥얼거리기 시작했고 흥얼거리는 멜로디를 따라 우리는 노래를 부르기 시작했다. 아이들처럼 앞뒤로 팔을 흔들었다.

얼마 지나지 않아 우리는 나뭇가지에 묶인 빨간 산악회 리본을 발견했다. 노란 리본, 파란 리본이 뒤를 이었다. 숲을 벗어나 등산로에 발을 내디뎠다. 마주 오는 등산객이 보였고 등산객은 자신이 온 방향으로 거슬러 올라가면 우리가 오늘 가려 했던 산장으로 갈 수 있다고 했다. 해 저물기 전에 충분히 도착할 수 있다고. 우리는 돌아가려던 계획을 취소하고 원래의 계획대로 움직이기로 했다. 우리는 까마중 같은 녀석들이었다. 박이 없어도, 헛기둥이 없어도, 제 갈 길 알아서 잘 가는.

제주시 애월읍 고내리

검은 수면 위 물결 사이로 지붕들이 나타났다 사라졌다. 수초를 인 지붕들은 짙은 초록이나 갈빛이었고 더러는 흰 점이 촘촘히 박힌 회색 바위처럼 보이기도 했다. 따개비, 굴 같은 갑각류들이 오가는 파도에 몸을 적셨다. 이곳에 와 본 적 없는 사람이라면 별 의심 없이 지나칠 만했다. 깊이 살피지 않는다면 그저 흔한 오래된 방파제라 여길 것이었다. 조금 더 나아간 곳에 경계석이 보였다. 부딪혀오는 파도에도 끄떡없이 서 있는 경계석만이 이곳에 누군가 살았고 저기에 길이 있었다, 말해주는 듯했다. 여기까지 마을이었어.

"그러니까 삼십 년 전만 해도 저기까지 마을이 있었다는 것 아니야."

"정말이네! 자긴 이런 곳 어떻게 안 거야?"

창가 자리에 앉아 있던 현상과 수진은 창에 핸드폰을 대고 사진을 찍으며 조금은 큰 소리로 수런댔다. 지혜는 커피를 테이블에 내려놓았다.

"제주 특산 커피예요. 신맛과 고소함이 적절하면서도 맛이 깊다고들 한답니다. 즐거운 시간 보내세요."

커피를 내려놓고 돌아서는 지혜를 현상이 불렀다.

"저기요."

"네?"

"여기 물은 언제 들어와요? 물 들어오는 것도 장관이라 하던데."

"아…. 오늘이 음력으로 일월…, 잠시만요."

지혜는 핸드폰으로 만조 간조 시간표를 살핀 후 다시 말했다.

"한두 시간 있으면 들어오기 시작할 거예요. 장관이죠."

맑고 바람 없는, 햇빛 쨍쨍한 날 밀려 들어오는 물은 금가루를 뿌린 듯 엄청나다며, 금가루라는 게 흔한 표현이라 조금은 식상하지만 그것 이상 드러낼 말이 없다고, 그런 날이면 바가지로 뜬 물에 금가루가 가득 할 것 같은, 그래서 바가지를 들고 달려 나가고 싶은 생각이 불쑥불쑥 든다고 지혜는 덧붙였다. 물 들어오는 시간을 물었을 뿐인데 지혜는 한참을 서서 이야기했고 젊은 남녀는 그저 고개만 끄덕이다 창밖을 보았다. 하늘엔 층층이 구름이 깔리고 게다가 바람이 세게 부는, 맑은 하늘도 쨍쨍한 햇빛도 금가루도 볼 수 없는 그런 날이었다.

"오늘은 금가루를 보기 힘들겠네요?"

이번에는 수진이 지혜의 말에 대답하듯 물었다.

"아…. 그렇겠네요. 장관이란 게 그리 쉽게 볼 수 있나요. 음, 물 들어오면 일 층이나 이 층에 내려가 보세요. 거긴 언제든 볼 수 있는 장관이 있지요."

루웬은 일 층에서 뉴스를 보던 중이었다. 이번 달 초부터 야당 대통령 후보 경선이 진행되고 있었다. 지금 대통령이 워낙 엉망이었던 탓에 야당 대통령 후보에 대한 사람들의 관심이 높았다. 루웬은 예전에는 투표나 정치에 관심이 없었지만 이번에는 조금 달랐다. 베트남 출신의 어머니를 둔 한 젊은 정치인에게 마음이 갔다. 루웬은 자신의 아들이 경선에 나간 듯했고 한 번도 생각해보지 않았던 정치 후원금을 내어 볼 참이었다.

'일 층에 손님 내려감수다.'

지혜로부터 문자가 왔다. 루웬은 텔레비전의 채널을 음악 방송으로 바꾸고 일 층 실내의 불을 켰다. 그리고 카운터 위의 무전기를 들었다.

"김 씨, 아직 멀언? 이제 손님들 올 때 되신디."

무전기에선 아무런 소리가 나지 않았다. 버튼을 잘못 눌렀나 싶어 루웬이 다시 무전기 버튼을 누르려 할 때 일 층 남쪽 창 바깥으로 잠수복을 입은 사내가 나타났다. 김 씨였다.

"이 짜기만 남안. 겅헌디 오늘 물살이 너무 세어. 겁이 나는디. 나머지는 내일 허면 안 되카?"

김 씨는 창에 붙은 채 루웬의 답을 기다렸다.

"내일은 물살이 좀좀해지컨가? 남쪽이 제일 좋다는 걸 알면서 그짝부터 해사지. 꼭 건물 뒤부터 행그네. 오늘 다 안 하면 일당 못 주큰게."

태풍 소식과 궂은 날씨에 오늘은 손님이 없을 것이라는 걸 알면서도 루웬은 김 씨를 재촉했다. 지난주에도 이런저런 핑계로 미룬 일이었다. 손님이 없을 때 해두는 것이 차라리 낫다고 생각했다.

"아니 이리 왕 봐. 장난 아니라. 내가 언제 이런 말헌 적 이시냐?"

루웬과 김 씨가 무전기로 대화를 하는 사이 현상과 수진이 일 층으로 들어왔다. 루웬은 무전기를 내려놓았다.

"안녕하세요. 일 층은 입장료가 따로 있습니다. 삼 층에서 음료를 마셨어도."

루웬은 손으로 카운터 앞의 안내판을 가리켰다.

일 층 두 시간 입장료 : 일 인당 일만 원
남쪽 자리 : 테이블당 추가 일만 원

"자기야, 삼만 원이나 더 내고…."

현상에게 뭔가 말을 하려던 수진은 일 층 창을 보고는 입을 다물었다. 그리고 다시 말을 이었다.

"더 내도 되겠네. 아니, 더 내야겠네. 우와. 여기 정말 멋지다."

물에 잠긴 건물들과 건물의 창을 오가는 색색의 물고기들, 물결을 따라 춤추듯 흔들리는 수초들이 창밖에 있었다.

"수족관이네, 수족관이야."

현상과 수진은 남쪽 창가로 가 앉았다. 한동안 사진을 찍는다, 찍어 달라, 방금 지나간 저것 보았느냐, 문어가 막 지나갔다 등등 수선을 떨다 조용해졌다. 언젠가부터 말없이 창밖을 볼 뿐이었다. 그러다 수진이 입을 열었다.

"완전 좋다. 여기. 자기 정말 여기 어떻게 안 거야? 어, 저기 사람이 있어."

김 씨였다. 김 씨는 창 바깥 물속에서 창을 청소하고 있었다.

"저기, 아주머니, 저분은 뭐 하는 거예요?"

현상이 물었고 루웬은 창을 청소하는 것이라 대답했다. 일주일에 한 번은 청소를 해야 물속을 잘 볼 수 있다고, 수압을 견디기 위해서 강화유리를 써야 하는데 그러면 유리가 두꺼워서 조금만 더러워져도 물속 경치가 잘 안 보인다고 설명했다.

"저 유리 두께가 일 센티거든요. 육 밀리면 충분하다고 하는데 그래도 안전이 우선이니까. 다행히 큰 바위나 그런 것들은 앞에 있는 집들이 막아줘요. 유리가 깨질까 물이 들어올까 걱정할 필요는 없어요."

수진은 신기한 듯 손가락으로 창을 툭툭 두드렸다. 소리 나는 쪽으로 김 씨가 고개를 돌렸고 수진이 손을 들어 흔들었다. 김 씨는 답하지 않고 다시 하던 일을 계속했다. 그 모습을 보던 루웬이 말했다.

"평소에는 인사도 잘하는 사람인데 오늘은 조금 뿔이 나서 그래요. 물살이 세서 청소 안 하겠다는 것을 내가 하라고 했거든요. 바닷속 물살이 언제 안 센 적 있나요."

"그런데, 저분 해녀신가요?"

"해녀가 아니고 해남, 해남이에요. 원래 이 마을 이장이었는데. 마을이 없어져서. 마을 복원한다고 쫓아다니는데, 그게 쫓아다닌다고 되나?"

"마을이 없어졌다고요?"

"에구, 어디 사라진 마을이 여기뿐인가요?"

"아…. 근데, 이렇게 좋은데 왜 손님이 우리뿐이에요?"

수진이 루웬을 보며 물었다. 현상과 수진의 테이블로 루웬이 다가왔다.

"오늘은 날이 많이 흐리잖아요. 태풍이야기도 있고. 이월에 오는 태풍이 좀 크잖아요."

평소에는 웬만큼 일찍 오지 않으면 남쪽 창가 자리에 앉지 못한다고, 한번 앉으면 일어나질 않아서 두 시간으로 제한을 두는 것이라고 루웬이 말을 덧붙였다.

"사실, 이 자리가 제일 좋은 자리예요. 내가 제일 좋아하는 자리. 같이 앉아요. 내가 이것저것 설명을 해 줄 테니까. 오늘은 손님도 없고 하니. 운 좋은 날인 줄 알아요. 내 경험상 오늘은 더 이상 손님이 없을 것 같애. 지금 보고 있는 이 동네 이름은 고내리. 제주시 애월읍 고내리."

루웬이 수진의 옆에 앉으며 말했다. 현상이 눈을 크게 뜨며 수진을 보았고 수진은 창가 쪽으로 엉덩이를 조금 옮겼다.

사, 오십 년 전까지 육지였다고 했다. 서서히 수면이 상승하기 시작했고 도에서, 나라에서 이것저것 방법을 취해봤지만 들어오는 바닷물을 막을 수도 퍼낼 수도 없었고 결국 사람들이 떠나는 수밖에 없었다.

"여기 들어오는 길에 해안가에 늘어선 집이랑 언덕 위 아파트 보았지요? 여기 살던 사람들이 이주한 거예요. 지금 추세로 봐선 또 한 일, 이십 년 지나면 수면이 더 올라가서 또 한 번 이주를 해야겠지만, 사람들이 그걸 신경 쓰나요? 신경을 썼으면 애초에 이런 일이 없었겠지요. 아니지, 신경을 쓴다고 달라졌으려나? 그것도 알 수 없지만. 암튼, 원래 있던 해안가는 물속으로 들어갔고 바다에서 멀리 있던 밭이 해안가가 되고. 고내봉이라고 이 동네에서 제일 높았던 봉우리가 이제는 언덕처럼 됐어요. 제주에 이런 식으로 변하지 않은 곳이 없어요. 원래 제주는 지금보다 훨씬 컸는데…. 물론 육지도 그렇겠지만 제주는 360도 빙 둘러가며 변했어요. 그런데 물에 잠긴 건물을 이렇게 수중 카페로 바꿔서 쓰는 곳은 우리가 맨 처음이에요. 지금은 몇 군데 더 생겼지만. 그래서 사람들이 많이 찾아오지요. 나는 이 건물에 세 들어 살면서 물질도 하고 밭일도 하고 그랬었는데 주인이 나한테 팔고 떠났어요. 헐값에. 이제는 이사도 못 가. 사람 살 만한 땅은 죄다 값이 올라서. 나하고 내 딸하고 물에 잠길 때까지 여기서 살아야지.

위에서 만났지요? 내 딸."

　현상과 수진은 창밖을 그리고 가끔은 루웬의 얼굴을 보며 루웬의 말을 들었다. 루웬이 말을 마치자 현상이 추가로 음료를 주문했고 수진은 음료와 샌드위치를 주문했다. 루웬은 주문받은 음식을 챙기러 자리에서 일어나 주방으로 갔다.

"아줌마가 말이 많으시네."

"왜? 재밌는데."

　음식을 가져다 놓은 루웬은 문득 김 씨가 밖에 있은 지 오래되었다는 생각이 들었다. 남쪽 창과 양쪽 창을 둘러보았지만 김 씨는 보이지 않았다. 카운터로 돌아와 무전기를 들어 버튼을 눌렀다.

"김 씨? 김 씨 어디쑤과?"

　김 씨로부터 답이 없었다.

"어이, 김 씨, 장난허지 맙써. 청소는 다 했수과?"

　루웬이 다시 물었지만 김 씨는 답을 하지 않았다. 루웬은 핸드폰을 들어 지혜에게 전화를 했다.

"지혜야, 김 씨 거기 있시냐?"

"아니마씨. 못 봐신디예."

"거기 위에서 한번 봐보라. 김 씨 아저씨 봐지는지."

　물살이 세다니까, 루웬은 김 씨가 했던 말이 떠올랐다. 마저 다 하라고 했던 것이 마음에 걸렸다. 루웬이 이곳저곳을 돌아다니며 창밖을 살피자 수진이 루웬에게 물었다.

"아주머니, 무슨 일 있어요?"

"아니, 아니, 조금 전에 본 그, 잠수복 입고 청소하던 사람이 안 보여서요. 혹시 봤어요? 가장 마지막에 본 게 언제지요?"

루웬이 다시 수진에게 물었다.

"아, 기억이 잘…. 풍경 보고, 아주머니 말을 듣느라 정신이 팔려서. 무슨 일 생긴 건가요?"

"그럴 리는 없는데. 무전기에 대답도 없고 그래서. 아이, 참. 지금 이 날씨에 도와주러 올 사람도 없는데."

루웬은 대답 없는 무전을 계속 보냈고 현상과 수진은 좌우로 나뉘어 창밖을 살폈다. 전화가 한 번 왔었는데, 위에서는 아무것도 안 보인다는 지혜의 전화였다.

루웬이 119에 전화를 해야 할지 말지를 고민하며 핸드폰을 만지작거리고 있을 때였다. 일 층 문이 열리고 사내가 들어왔다.

"김 씨!"

김 씨였다. 김 씨는 루웬의 큰 소리에 놀라며 뒤로 물러섰다.

"무사 마씨? 청소 다하고 들어와신디. 다해서마씨."

"그게 아니라, 들어오면 들어온다 말을 해사 될 거 아니이.

무전기에 답도 없고. 무슨 일 생겨시카부덴 한참 초잣쪄."

루웬은 목소리를 낮추지 않고 김 씨를 몰아붙였다. 김 씨는 싱긋 입꼬리를 올리며 카운터 쪽으로 다가왔다.

"다 끝났다고 무전을 해도 답이 어성게, 겅허난 들어왔지. 막 샤워하고 나와신디. 걱정했수과? 나를. 허허."

루웬과 김 씨는 다투는 듯 아닌 듯 말을 주고받다 위로 올라갔다.

카페 안은 다시 조용해졌다. 현상이 수진의 옆자리로 옮겨 앉았고 수진은 현상의 손을 잡았다. 둘은 다시 바닷속의 풍경으로 빠져들었고 한동안 말없이 창밖을 보며 서로의 손을 만지작거렸다. 한 차례 수초들이 크게 흔들렸고 물고기들이 부산하게 움직였다. 현상이 수진의 손을 놓고 창밖을 가리키며 말했다.

"나, 사실 여기 와 본 적 있어."

"잉? 누구랑? 누구하고 언제 온 건데?"

수진이 바짝 붙어 앉으며 물었다.

"좀 전에 주인아주머니가 말한 전 주인, 헐값에 팔고 나갔다는 집주인이 우리 엄마야. 여기가 우리 엄마 고향이야. 제주시 애월읍 고내리. 외가에서 물려받은 땅에 이 건물을 지었다 하더라고. 그런데 웬걸, 얼마 안 돼서 바닷물이 넘쳐 들어오기 시작한 거야. 그때는 이런 카페를 할 생각은 못 했다네. 고향이 없어지나 싶었고 주소도 남지 않는 건물이 뭐가 필요한가 싶었다 하시더라고. 그래도 오 층 건물이니 카페라도 하지. 창밖에 보이는 건물이나 집들은 그냥 수장된 거야. 저기 보이는 길, 어릴 적 엄마랑 외가에 왔을 때 손잡고 걷던 길이야. 저 길 너머 해안가에서 보말도 잡고 물놀이도 하고 그랬어. 그땐 이리될 줄 아무도 몰랐지. 아니 누군가는 이야기했는데 별생각이 없었던 거지. 어찌 되겠지 하고 말이야. 한번 와보고 싶었어. 어찌 되었나 하고. 예전 그대로였으면 저 길을 자기랑 같이 걸었을 텐데. 어쩌면 저기 어디쯤에서 자기한테 프로포즈를 했을 수도 있어. 아쉽지?"

현상은 여전히 창밖을 보며 말했고 수진은 아, 짧은 감탄사를 내뱉었을 뿐 더 이상 묻지 않았다. 프로포즈란 말에 심장이 뛰는 것을 느꼈지만 내색하기 싫었다.

지혜가 일 층으로 내려왔다. 지혜는 카운터와 주방을 정리한 뒤 현상과 수진에게로 왔다. 필요한 것은 없는지 물었고 수진이 현상을 보았지만 현상은 창밖을 볼 뿐이었다. 수진은 지혜에게 고개를 저어 보이며 답했다. 지혜가 천장을 보며 말했다.

"저 둘은 항상 저래요. 싸우는 것 아니니 신경 쓰지 말아요. 근데, 우리 엄마 우리 말 완전 잘하죠?"

"그렇네요. 어디 출신이세요?"

"베트남에서 오셨어요. 우리 아빠랑 결혼하러. 이제는 한국 사람이에요. 제주 말도 정말 잘해요. 완전."

"혹시 두 분이?"

수진이 고개를 들어 위를 보며 말했다.

"아, 우리 아빠 아니에요. 우리 아빠는 저기 고내봉에 누워 있어요. 예전에 처음 물이 들어올 때 물 막는다고 제방 만드는 데 참여했다가 사고로 돌아가셨어요."

수진은 아, 예. 하고 짧게 대답했다. 뭐라 답할지, 마땅한 말이 생각나지 않았다.

"그런데, 오늘 물이 많이 들어오네요. 가게하고 연결된 다리가 잠겼어요. 어떡하시려나? 물이 빠질 때까지는 나가기 힘드실 텐데."

수진은 현상을 보았다.

"자기야?"

수진이 현상을 불렀지만 현상은 그저 물속에 시선을 고정한 채 아무 말도 하지 않았다. 수진은 현상의 무릎을 쥐고 흔들었다.

"자기야, 아까부터 왜 말이 없어. 창밖만 보고."

현상은 흔들리는 무릎을 그대로 둔 채, 고개도 돌리지 않은 채 낮은 목소리로 말했다.

"봐봐, 저기 경계석, 경계석이 흔들리고 있어. 물이 빠질 즈음이면 저 경계석은 사라질까? 뽑혀서 바닷속으로 굴러 들어갈까? 그러면 길도 마을도 정말 사라지는 거겠지. 저 경계석에 뭐라 새겨져 있는지 알아?"

"그걸 내가 어떻게 알아. 뭐라 쓰여 있는데?"

안녕허시우까. 여기는 제주시 애월읍 고내리이우다.

곧, 그 밤이 또 온다

칠흑 같은 혹은 그저 어두운 밤이었다고. 아니다. 너는 밤에 대해 조금 더 말을 하려 한다. 그날 밤에 대해 설명하려면 조금 길어지겠지만, 누군가는 이 또한 사족이라 지우라 하겠지만 그럼에도 네가 이야기하려는 이유는 밤이 다 같은 밤이 아니기 때문이다.

 그러니까 그 밤은 특별했다는 것, 잣나무 꽃가루와 소나무 꽃가루가 무리 지어 몰려다니는 그와 같은 밤이 돌아올 때마다 여전히 방 안을 서성인다는 것을 너는 말하고 싶은 것이다. 숨을 내쉴 때마다 가슴팍 어딘가에서 휘파람 소리가 나고 심장이 두근거리는 그런 밤을 겪어보지 않았다면 밤에 대해 입을 대지 말라 말하고 싶은 것이다. 그와 같은 밤이 돌아올 때마다 월지로 향하는 너를 말하고 싶은 것이다.

 대략 표현하자면 그날의 밤은 이랬다. 구름에 가려진 보름

달이 뜬 밤.

너와 그는 월지에 있었다.

"아홉 시 이십 분. 열 시가 되면 문을 닫습니다. 그때까지는 나오셔야 합니다."

그와 너는 고개를 끄덕이며 월지의 정문을 통해 안으로 들어갔다. 둘은 손을 잡기도 했고 서로의 허리를 감싸 안으며 걷기도 했다. 가끔 두 발이 엉켜 발걸음을 멈췄다. 어깨에 올린 팔이 저려와 슬며시 내리기도 했지만 누가 봐도 그럭저럭한 연인이었다. 어쩌면 아주 뜨거운 연인일 수도 있었다. 그의 엉덩이를 스친 너의 손바닥과 너의 볼에 붙어버린 그의 볼, 모두 우연이라 할 수는 없으니.

"구름이 달을 벗어났어."

그가 맞잡은 손을 풀어 달을 가리키며 말했다. 너는 그의 손을 따라 달을 보았다.

"그러네, 저 달 근처 목성이 있을 텐데. 달이 밝아서 그런가? 보이질 않네."

"목성은 왜?"

"오늘 목성의 달, 유로파에서 물을 발견했다네."

너는 우연히 보았던 기사를 떠올렸다. 갈릴레오 탐사선이 목성의 위성 유로파에서 물을 발견했다는 기사. 너는 지구에서 목성까지의 거리와 오늘 밤 하늘 어디서 목성을 볼 수 있을지, 그리고 지구에 있는 물의 양을 검색해 읽어보았다.

"물을 찾아서 거기까지 갔데. 지구에 무려 십삼억 삼천만 세제곱 킬로미터의 물이 있는데 말이야."

"그런 것까지 알고 있었어? 그냥 막 던진 숫자지?"

"아니. 사실이야. 오늘 오전에 잠깐 찾아봤었어. 지구에 그렇게 많은 물이 있는데 구억 육천오백육십만 킬로미터나 떨어진 곳까지 물을 찾으러 가다니, 재밌네, 하고 생각했어.

"오빠도 주위의 많은 여자들을 두고 나를 만나러 왔잖아. 사백 킬로미터나 떨어진 곳까지."

너와 그는 1호 누각이라 쓰인 표지석을 지나쳐 누각 안으로 들어갔다. 누각 곳곳에 조명등이 있었지만 짙고 검은 월지의 수면을 방해하지는 못했다. 서너 개씩 무리 지어 올라있는 연잎들마저 검은, 흑백사진 같은 월지를 너희 둘은 가만히 보았다. 구름이 달을 벗어날 때마다 월지에 달빛이 비쳤다.

"두 가지 색만 남은 스테인드글라스 같아. 오래되어 색이 바랜. 그런데 그런 게 있나?"

그가 난간을 잡은 너의 손등에 손을 얹으며 말했다.

"그러게. 그러면 천삼백 년 전에는 컬러풀 했을까? 월지에 비친 달빛이."

"그랬을 수도 있겠다. 배를 띄우고 잔치를 했다지. 여러 색의 빛들이 연못 위에 비쳤을 수도 있겠어. 그런데 오빠, 여기 유물들, 전시된 것들 말이야. 저기 적혀 있는 것들 모두 사실일까? 이곳 월지 말고도 다른 곳의 땅에서 나온 유물들의 사연들, 모두 진실일까?"

"당연히 그렇겠지. 그런 것 확인하려고 전문가가 있는 것 아니겠어. 고증을 잘 해야지. 잘해서 입증된 것만 이야기해야 하는 것 아니겠어. 그건 그렇고, 시간이 많지 않으니까 빨리 움직이자. 저기, 저 안쪽이 좋겠어. 가자."

너는 그를 재촉해 월지를 돌아 누각 반대쪽으로 향했다. 너는 시계를 보며 얼마 남지 않은 시간을 확인했다. 오래 걸리지 않을 거야. 금방이면 돼, 너는 그에게 말했고 뭔데 그래, 그는 물었다. 너는 그의 손을 잡고 묵묵히 그리고 빠르게 걸었다.

누각의 반대편에 다다라 너는 주위를 살폈고 그는 너를 살폈다. 관리인들이 사용하는 작은 보트가 바위에 둘린 밧줄에 묶여 있었다. 연못 가장자리 바깥으로 움푹 들어간 곳, 숨어 있기 좋은 곳이었다. 관리인들이 반대쪽 누각으로 플래시를 흔들며 걸어가는 것이 보였다. 몇몇 커플들, 사람들이 정문으로 돌아가고 있었다.

"뭐 하려는 거야? 이렇게 으슥한 곳에 끌고 와서는. 오빠, 이상해."

너는 대답 없이 등에 맨 가방을 내려 지퍼를 열었다. 가방 안에서 신문지로 감싼 무언가를 꺼냈다. 마침 구름이 달을 벗어났고 네가 꺼낸 무언가는 달빛을 받아 반짝였다.

"그게 뭐야? 뭔데?"

그가 너의 곁으로 와 붙으며 물었다. 너는 그의 손바닥에 그것을 올려놓았다.

"이게…"

"스테인리스에 각인을 한 거야. 너와 나, 우리의 만남, 사랑, 그런 이야기. 월지에 던져 넣으려고. 나중에, 미래에 누군가 보게."

언젠가, 아주 나중에, 몇 백 년이 지난 후 월지의 바닥을 준설하거나 다시 발굴하는 날이 오지 않겠냐고, 그때 이 스테인리스 조각이 발견되면 우리 사랑 이야기를 알게 되지 않겠냐고, 한 조각 남겨진 이야기가 그 시대를 대표하는 경우가 많으니 우리 사랑이 우리 시대의 사랑이 되지 않겠냐고, 그렇게 우리는 영원히 사랑할 수 있는 거라고, 너와의 사랑은 누구에게 보여도 부끄럽지 않은 것이라고. 너는 흑과 백의 사진 속 유일한 붉은 얼굴로 그에게 말했고 그의 얼굴도 붉게 달아올랐다. 둘은 작은 목소리로 그러나 분명하게 하나, 둘, 셋을 헤아렸고 스테인리스 조각을 월지로 던져 넣었다.

풍! 연 옆에 앉아 있던 개구리가 물속으로 뛰어들었다.

너와 그는 정문으로 돌아왔다. 빠르게 걸었던 탓에 둘 다 숨이 찼다. 숨을 몰아쉬는 그와 너를 보며 관리인이 물었다.

"도대체 어디 있었던 겁니까? 분명 시간이 얼마 안 남았다고 말했는데 기어코 들어가더니 때맞춰 나오지도 않고 말이지."

"죄송합니다."

너와 그는 연신 고개를 숙였다. 손을 꼭 잡은 채로.

주차장으로 걸어가는 그와 너 뒤로 관리인의 목소리가 들렸다.

"어디서 뭘 하고 있었기에 저렇게 숨이 차는 거야. 요즘 젊은것들이란. 쌔고 쌘게 모텔이고 방인데 말이야."

여섯 번의 여름과 다섯 번의 겨울이 지났다. 언젠가 꽃은 지는 법. 목성 주위를 돌던 갈릴레오 탐사선이 목성 궤도를 이탈하며 임무를 마친 그 해, 너와 그의 사랑도 끝났다. 여섯 번의 여름과 다섯 번의 겨울이 각인된 스테인리스 조각만이 월지의 어느 바닥에 남았다.

그것이 문제다. 밤의 어둠 속에서 더욱 반짝일 영원한 사랑의 맹서. 작은 상처를 주고받아 아픈 날도 있었지만 그것 또한 사랑이었다고, 바람 부는 세상 서로 기대며 살았고 꽃 같은 세상 온전히 서로의 것이었다고, 마지막 날 손을 잡고 입을 맞추며 눈을 감았다고 깊이 새겨놓은 각인. 월지의 작은 보트 근처 어딘가의 스테인리스 조각.

  배롱나무 헐벗은 가지들을 흔들고 동백의 꽃을 툭툭 떨어뜨리며 오는 밤. 지키지 못한 것들에 대한 후회, 거짓과 진실이 뒤바뀐 미래에 대한 두려움으로 가득한 밤. 그와 같은 밤이 오고 있다. 너는 검은 잠수복을 챙겨 나선다. 월지 속으로 걸어 들어간다. 고개를 집어넣고 손을 휘저어 무언가를 찾는다.
  너는 문득 묻는다. 우리가 건져내야 할 것이 지난 사랑의 각인뿐인가?

이기전 李己傳 1

옆집 아이였다. 청록의 치마를 입은 아이는 빨간 사과 한 알을 들고 서 있었다. 빨간 사과를 내밀었다. 아이의 어깨에 두 손을 얹은 아이의 엄마가 고개를 살짝 숙여 기에게 인사를 했다.

"저번 주 금요일 저녁이에요. 아저씨께서 일 층에서 엘리베이터를 타려고 하실 때 제가 버튼을 잘못 눌렀어요. 엘리베이터 문이 닫혀버렸어요. 아저씨는 엘리베이터를 타지 못하셨고요. 죄송합니다."

기는 사과를 받아들고 아이의 엄마를 쳐다보았다.

"그날 일이 마음에 걸렸나 봐요. 사과데이에 꼭 옆집 아저씨께 사과를 드려야 한다고 해서."

아이의 엄마가 이야기했다. 덧붙여 그녀는 주먹을 들어 사과를 한 입 베어 무는 시늉을 했다.

"아."

기는 그제야 자신이 무엇을 해야 하는지 알아차렸다. 아이에게서 받은 사과를 한 입 베어 물었다. 그러고는 크게 소리 내어 웃었다. 아이도 환하게 웃었고, 기와 아이의 엄마는 다시 고개 숙여 인사를 했다. 기는 아이의 머리를 쓰다듬었다.

"기야. 니 희수라고 기억나나? 그 왜 있잖아, 학교 다니다가 전학 갔잖아. 전학 가서 얼마 안 지나서 자살했다고 소문 났던 녀석. 위로는 누나만 세 명인 데다가 곱상하게 생겼었는데. 니가 제일 친했던 걸로 기억하는데. 우리가 니들 둘이 사귀냐면서 놀렸지 않았나? 글마가 살아있더라."

한 달 전 고등학교 동기 모임에서 동기 한 녀석이 기의 옆자리를 비집고 들어와 앉으며 말했다.

"소주 한 잔 따라봐라."

빈 잔을 기 앞으로 내밀었다. 기가 따라준 소주 한 잔을 입에 털어 넣고는 기에게 이야기했다.

"우리 엄마가 용한 스님이 있다는 절을 하나 소개받았다는 거야. 내가 하는 일이 요즘 조금 잘 안 되거든. 엄마도 애가 탄 거지. 하도 성화를 부리기에 따라나섰어. 별로 멀지도 않아. 국도를 따라가다 보니 금방이더라고. 차로 사십 분 정도

걸렀나. 절 이름이 망원사야. 망원사. 제대로 된 절도 아니야. 법당이라고 하나 있는 것도 그냥 슬레이트 지붕으로 덮어 놓았고, 스님이 지내는 방도 컨테이너를 개조해서 만든 방이었어. 스님이랑 나이든 공양주 한 분이랑, 그렇게 둘만 있더라고. 이런 데가 알고 보면 진짜로 용한 곳이라는 거야. 엄마 말이."

 기는 언제쯤 희수가 등장할까 궁금했지만 녀석의 말을 굳이 중간에 끊고 싶지는 않았다. 빈 소주잔을 내려놓지도 않고 이야기하는 녀석의 모습이 제법 진지해 보였다.

 "손주들한테 만 원짜리 한 장 주는 것에도 손을 벌벌 떠는 양반이 글쎄 불전함에 오만 원짜리 두 장을 넣는 거야. 깜짝 놀랐지. 내가 이 할매가 왜 이러나 싶어서 우리 엄마 얼굴을 쳐다보았다니까. 이 정도 넣어야 그 스님을 볼 수 있다 카더라. 내가 쳐다보는 걸 우째 알았는지, 부처님 얼굴만 똑바로 보고 있던 엄마가 돌아보지도 않고 이야기하데. 그제야 이해를 했지. 조금 있으니까 공양주 할머니가 들어오라 하더라고. 컨테이너 방에 들어가서 스님이랑 마주 앉았어. 나는 입도 뻥긋 안 하고 엄마만 스님하고 이야기를 했지. 내가 뭘 하다 망했는지 지금은 뭘 하는지. 우리 엄마가 별 필요도 없는 이야기까지 다 말하는 거야. 쪽팔려서 죽는 줄 알았다. 그런데 스님은 그냥 주구장창 듣기만 하는 거야. 엄마가 지칠 때까지. 아이고, 살아온 이야기를 하다 보니 숨이 다 차네. 이제 스님이 뭐라고 말씀 좀 해 주시오. 엄마가 이렇게 말하고 나니까 스님이 입을 열더라. 딱 두 가지. 이제부터는 잘될 겁니다. 글 하나 써드릴 테니 머리맡에 두고 틈나는 대로 보십시오. 그러고 나서 화선지 한 장을 펼치고 붓으로 글을 쓰는 거야. 엄마는 아이고 글씨가 너무 이쁘데이, 너무 좋데이 하면서 연신 박수를 쳤지. 글씨는 나름 나쁘지는 않더라. 그런데 내용이 뭔지 아나? 그 왜 있잖아. 청산은 나를 보고 말없이 우짜고 하는 흔한 그거. 그건 기라. 확 하고 열이 올라오는데, 불전함을 뒤집어가 오만 원짜리 두 장 찾아 들고나오려다가 참았다. 그래도 하도 기가 차서 스님 얼굴을 뚫어져라 쳐다봤지. 그런데 한참 보다 보니까, 낯이 익은 얼굴인 거야. 어디서 봤지? 누구더라? 이렇게 고민하다가 엄마가 이제 가자고 해서 내려왔다. 돌아오는 차 안에서 생각이 났는데. 그 스님이 희수인 거야. 와. 소름 돋데."

기는 녀석의 빈 소주잔에 소주를 부어주며 말했다.

"그러면 그 스님이 자기 입으로 내가 희수다 하고 말한 것은 아니네?"

녀석은 소주잔을 입에 대어 반쯤 마시다가 내려놓았다.

"니, 내 말 못 믿나? 내가 사람 얼굴 하나는 정말 잘 기억하거든. 희수 맞다. 여전히 예쁘데."

기는 고개를 끄덕였다. 익은 돼지고기 한 점을 젓가락으로 집어 녀석의 접시에 놓아주었다.

"믿지. 믿어. 혹시나 하고. 시간이 많이 지났으니까. 그리고 내 기억에 희수는 교회를 다녔던 것 같아서."

기가 준 돼지고기와 구운 마늘을 상추에 올려놓고 쌈을 만들던 손을 멈추고 녀석이 말했다.

"그래? 하긴 기, 니가 제일 잘 알겠지. 그라모 희수가 아닌가? 얼굴은 희수 맞는데."

희수. 고등학교 이 학년 때 짝이다. 곱상하게 생겼었다. 눈이 컸다. 하얀 피부를 가지고 있었고, 햇빛 보는 것을 싫어했다. 위로 누나가 세 명 있었다. 분홍 필통, 색지로 된 공책을 좋아했고, 여러 가지 색의 펜을 구별해서 쓰는 것을 좋아했다. 옆에서 보다 보면 색칠 놀이를 하는 것처럼 보였다. 빨간색의 보색이 뭔지 아니? 희수의 색칠 놀이를 구경하던 기에게 희수가 물었다. 희수 덕분에 기는 보색이라는 게 무언지 처음 알았다.

희수 덕분에 처음 안 것은 보색만이 아니었다. 영어라고는 교과서에 나오는 단어 밖에는 모르는 기와는 달리 희수는 팝송을 좋아했다. 쉬는 시간에 멍하니 앉아 있거나, 점심을 먹고 교실에 엎드려 있으면 희수는 워크맨에 이어폰을 꽂고, 한쪽 이어폰은 자신의 귀에 다른 한쪽은 기의 귀에 꽂아주었다. 이거는 보이조지고 이거는 신디로퍼고. 희수는 'ㄱ'자로 굽힌 손가락들로 스포츠형 짧은 머리를 귀 뒤로 넘기며 팝송의 내용과 가수에 얽힌 사연까지 설명해주곤 했다. 지금 생각하면 제법 오래된 팝 가수들의 음악이지만 당시 기로서는 처음 듣는 멜로디, 처음 듣는 목소리였다.

기가 집에 돌아와 가방을 정리하다 보면 희수가 쓴 편지가 들어 있기도 했다. 주말에 뭘 했는지, 누나들이랑 본 영화가 어땠는지 등에 대한 이야기들이 대부분이었고 간혹 희수가 쓴 자작시가 들어 있기도 했다. 기는 답장을 쓰지 않았다. 기가 답장을 쓰지 않는다고 희수가 화를 낸다거나 답장을 써달라고 조르는 일은 없었다. 기가 편지에 대해서 아무 말도 하지 않는 날이면 희수는 들릴 듯 말 듯 이야기했다. 편지는 내가 쓸게. 너는 읽어주기만 해.

시청각 교육을 위해 단체로 극장에 가는 날이었다. 시내에 있는 극장에 '바람과 함께 사라지다'를 보러 갔다. 각자 알아서 정해진 시간까지 극장으로 가야 했다. 희수가 기의 집으로 찾아왔다. 극장까지 가는 동안 버스를 타는 순간을 제외하고 희수는 기의 손을 놓지 않았다. 희수는 기에게 '바람과 함께 사라지다'의 줄거리와 여주인공인 '비비안리'에 대해서 설명을 해주었지만 기는 아무것도 듣지 못했다. 가슴이 두근거렸고 현기증이 몰려왔다. 희수의 손을 뿌리치지는 않았다. 어지러운 와중에도 기는 희수의 손이 무척 부드럽고 따듯하다고 느꼈다. 정거장에 내려서 극장이 가까워지고 아이들이 삼삼오오 모여 있는 것이 보일 즈음에서야 둘은 손을 놓았다. 희수는 기를 쳐다보며 빙긋이 웃었다.

기는 꺼내어둔 사과를 종이 가방에 챙겨 넣었다. 망원사를 찾아가 볼 생각이었다. 희수가 아니어도 된다. 얼굴을 보고 싶었다. 희수가 아니더라도, 희수를 닮은 얼굴에 사과를 하고 싶었다.

"네. 안녕하십니까. 청취자 여러분. 오늘은 시월 이십사일입니다. 그리고 일요일이지요."

망원사로 향하는 차 안에서 기는 라디오를 켰다. 라디오에서는 디제이가 사과데이에 대해서 이야기하고 있었다.

"또 무슨 날일까요. 그렇지요. 제가 무슨 말을 하려는지 이미 눈치채신 분들도 있을 것입니다. 어떤 분들은 이미 주위의 누군가에게 사과를 드렸을 수도 있겠습니다. 예. 맞습니다. 오늘은 사과데이입니다. 저는 말입니다. 개인적으로 무슨 무슨 데이라 불리는 날들을 좋아하지 않습니다. 몇몇 기업체나 장사꾼들의 상술 같기도 하고, 그 상술에 덩달아 동조하는 것 같아서 그렇습니다. 그런데 이 사과데이에 대해서만은 생각이 다릅니다. 저도 이날만큼은 꼭 챙기고 싶습니다. 다른 나라에도 우리나라의 사과데이가 알려졌으면 하는 마음도 가지고 있습니다. 그런데, 사과데이는 누가 먼저 시작했을까요? 아시는 분도 있으시겠지만 혹시라도 모르고 계신 분들이 있을까 봐 제가 직접 찾아보았습니다. 하지만 바로 말씀드릴 수는 없지요. 일단 노래 한 곡 듣고 말씀드리도록 하겠습니다. 시월이지요. 시월의 어느 멋진 날에. 들려드립니다."

이기전 李己傳 2

시월의 어느 날이었다. 희수는 전학을 갔다. 희수는 전학을 간다고 기에게 따로 말하지 않았다. 누군가 희수가 결석을 했다고 이야기했고 담임선생님은 희수가 전학을 갔다고 말했다. 그즈음 희수와 기는 짝이 아니었다. 여름방학 이후 둘은 멀어졌다. 그 해 여름, 비가 자주 그리고 많이 왔다. 여름방학, 반별로 야영을 가기로 되어 있었다. 기의 반이 야영을 가기로 한 날 전날에 비가 왔다. 계곡마다 물이 많이 불어났다. 결국 기의 반은 학교 운동장에서 야영을 했다. 네 명씩 한 조가 되어 텐트를 쳤다. 기와 희수는 같은 조였다. 희수는 멀뚱히 서 있는 기를 끌고 와 밥 짓는 법을 가르쳐 주었다. 쌀은 어떻게 씻어야 하는지, 물은 얼마나 부어야 하는지. 몇 개의 조를 합쳐 팀을 만들었고 팀별 대항전으로 게임을 하고, 캠프파이어를 했다. 그리고 취침 시간이 되었다. 그 시간에 자는 아이들은 없었다. 어두운 와중에 축구를 하는 아이들도 있었고, 몇몇은 학교를 빠져나가 오락실로 향하기도 했다. 기와 희수와 같은 조였던 다른 두 명이 그랬다. 한 명은 축구를 하러 갔고, 한 명은 오락실로 갔다. 기와 희수만이 남았다. 기는 희수에게 우리도 축구하러 가자고 이야기했지만, 희수는 그냥 텐트에 머물러 있기를 원했다. 둘은 누웠다. 텐트 천장에 매달아 둔 랜턴이 이리저리 흔들렸다. 랜턴의 빛은 기를 비추기도 했고 희수를 비추기도 했다. 운동장 바닥이라 그런가? 잠자기에 불편한데 하고 기가 생각할 즈음, 혹시 잠들었어? 하고 희수가 물었다.

"저기 있잖아. 기야."

"왜?"

"뭐 하나 물어봐도 돼?"

기가 고개를 돌려 희수를 보았다. 흔들리던 랜턴의 불빛이 잠시 멈췄다. 희수의 뺨을 비췄고 하얀 희수의 뺨은 발갛게 물들었다.

"기. 너. 내가 널 좋아한다고 고백하면 어떻게 할 건데?"

발갛게 물든 희수를 바라보던 기는 일어나 앉았다. 랜턴을 이리저리 돌려보다 말했다.

"랜턴 건전지를 갈아야 할까봐. 어두워진 것 같아."

희수가 기를 따라 일어나 앉았다.

"말 돌리지 말고 대답해봐."

기수는 랜턴을 풀어 내렸다. 가방을 뒤졌다. 건전지를 꺼내 랜턴 옆에 두고는 전구가 있는 부분을 돌려 풀면서 대답했다.

"니 녀석이 날 좋아하는 건 잘 알지. 그러니까 내 옆에 붙어서 따라다니지."

희수는 기의 무릎에 손을 얹었고 기의 무릎을 흔들었다.

"아니. 그런 거 말구. 사랑 같은 것 말이야."

기는 랜턴의 건전지를 꺼냈다. 새로운 건전지를 넣으려는데 건전지가 손에서 자꾸 빠져나갔다. 바닥에 떨어진 건전지를 주우려 했지만 어두워서 그런지 잘 잡히지 않았다. 건전지를 찾아서 바닥을 더듬던 손에 희수의 손이 와 닿았다. 희수가 말했다.

"내가 여자라면, 내가 언젠가 여자가 된다면 날 사랑해줄 수 있겠어?"

다음날 둘은 서로에게 아무 말도 하지 않았다.

야영 이후 방학이 끝나는 날까지 기는 희수를 만나지 않았다. 희수가 편지를 보내고 찾아오기도 했지만 기는 희수를 만나지도 답장을 하지도 않았다. 개학하는 날 기는 희수 옆에 앉지 않았다. 희수가 가방을 들고 다가와 기의 옆에 앉으려

했다. 기가 희수에게 말했다.

"저리 가. 쳐다보지도 가까이 오지도 말을 걸지도 마."

"언제 들어도 멋진 노래이지요. 멋진 날에 멋진 노래입니다. 이어 말씀드리겠습니다."

노래가 끝나자 디제이가 다시 말을 이었다.

"저는 사과데이가 사과를 재배하시는 분들의 영농조합이나, 사과가 유명한 지방의 지방자치단체가 처음 제안했을 것이라 생각했었습니다. 그런데 찾아보니 그런 곳과는 관계가 없이 시작되었더라고요. 2002년 '학교 폭력 대책 국민협의회'를 비롯한 시민단체가 학생, 교사, 학부모를 대상으로 화해와 용서의 운동을 벌이자는 취지로 시작했다고 합니다. 시월에 둘(2)이 사(4)과 한다는 의미로 날짜를 정했답니다. 학교 폭력이 계기가 되었다지만 어디 학교만의 문제겠습니까? '나'로 인해 마음 아팠을 사람들에게 일 년에 한 번 사과하고 용서받을 수 있는 기회를 갖자. 그런 취지의 내용이라면 우리가 모두 동참할 수 있는 일 아니겠습니까. 전 아무래도 좋습니다. 사과 농사 하시는 분들께 도움도 되고, 기회를 놓쳐 하지 못했던 사과도 하고, 서로 마음도 풀고. 나쁜 것은 지우고 좋은 것만 남기고. 오늘은 혼자서 좀 길게 떠들었습니다. 쉬었다 가겠습니다. 노래 하나 더 들어야지요. 참. 사과를 받으신 분은 꼭 사과를 하신 분 앞에서 사과를 크게 베어 물어야 한답니다. 그래야 사과를 받아준 것이 된다 하네요. 명심하십시오. 그게 핵심입니다."

한 반에 오십 명 남짓한 사람들이 모여 생활을 하다 보면 비밀이라는 것은 있을 수가 없다. 누가 누구와 친한지, 누구와 누구의 사이가 안 좋은지. 그리고 이런 놈도, 저런 놈도 있기 마련이다. 이런 놈들, 저런 놈들 중에 나쁜 놈들이 있었다.

"어이. 희순. 희수 말고 희순이라고 하자. 기랑 헤어졌다며. 이제 나랑 사귀자. 응. 뽀뽀도 좀 해주고. 이리 와봐. 나하고 사귀는 거다."

나쁜 놈들 중 한 녀석이 희수를 건드렸다. 희수를 자기 옆자리로 강제로 데리고 갔다. 희수는 소리를 지르기도 하고, 온 힘을 다해서 저항을 해보았지만 소용이 없었다. 누구도 나쁜 한 녀석과 맞서려 하지 않았다. 기 또한 뒤돌아보지 않았다. 희수를 위해 뭐라도 하면, 그것이 무엇이든 기와 희수는 한데 엮일 것이 분명했다. 둘이 사랑이라도 하는 거냐. 희수가 너의 여자친구인 거냐. 누군가의 입에서 그런 이야기가 나올까 두려웠다.

기가 희수를 외면하는 동안 희수는 나쁜 녀석의 장난감이 되었다. 그해 가을 희수는 전학을 갔다. 녀석을 피해서였다. 학교를 옮겼다고 해서 새로운 인생을 살 수 있는 것은 아니었다. 나쁜 녀석들끼리는 서로 통하는 법이었고, 옮겨간 학교에도 나쁜 녀석들은 있었다. 희수에 대한 이야기는 금방 퍼졌고 희수는 그곳에서도 괴롭힘을 당하기 시작했다. 기에게는 평온이 찾아왔다. 희수가 사라졌다거나 자살했다는 소식을 듣기도 했지만 개의치 않았다.

깊지 않은 계곡 위로 놓인 작은 다리를 지났다. 건너편 숲 나무들 사이로 청록의 슬레이트 지붕이 보였다. 다리를 지나 제법 경사진 비탈길을 올랐다. 비탈길을 넘어서자 평지가 나왔고 평지의 끝에 청록의 대문과 청록의 슬레이트 지붕을 가진 단층집이 있었다. 길 끝에는 청록의 대문이, 대문 옆 벽에는 망원사라 적힌 현판이 매달려 있었다. 한자가 아닌 한글 현판이었다. 망자는 무슨 망자며 원자는 무슨 원자인지, 기는 궁금했지만 대문 앞에서 머뭇거리지는 않았고 마당으로 들어섰다. 청록 슬레이트 지붕 아래의 허름한 법당에서 향내가 흘러나왔다. 마당 한구석에서 빨래를 하고 있던 공양주가 일어서서 기 쪽으로 다가왔다. 어찌 오셨냐. 그녀가 물었고 기는 스님을 만나러 왔다고 대답했다. 그녀는 먼저 부처님께 인사를 드려야 스님을 만날 수 있다고 했다. 기는 운세를 보거나 상담을 하러 온 것이 아니라고 말을 하려다 그만두었다. 공양주의 안내대로 법당에 들어갔다. 백팔 배 정도는 해야 부처님께 인사를 한 것이고 절만 해서 되는 것도 아니라고 부처님께 최소한의 성의를 보여야 한다며 공양주는 불상 아래에 놓인 불전함을 가리켰다. 기는 백팔 배를 시작했다. 희수라면 어쩌지? 내가 기다. 이렇게 말하고 웃으며 손을 잡아야 하나. 그러면 희수가 그래 맞네. 우리 기네. 이렇게 다시 보게 되었네 하고 말하며 반길까? 나는 당신 같은 사람을 모르오. 나는 희수가 누군지도 모르오. 이미 이 세상 사람이 아닐지도 모르니 찾지 마시오. 세상과 연을 끊었다며 돌아가라 말할까? 그래. 너 잘 만났다. 내 인생이 이렇게 된 것이 다 네 탓이니 책임을 져라. 왜 나만 이렇게 고생해야 하느냐. 탓을 할까? 이런 생각들이 땀과 함께 쏟아져 내렸다.

"무슨 싸움하듯 절을 하누. 보고 있는 부처님이 어지러우시겠어. 스님을 보러 왔으면 스님 볼 힘은 남겨둬야지. 부처님께 인사만 하다 갈 건가?"

뒤에서 보고 있던 공양주가 기를 멈춰 세웠다. 잠시 앉아서 숨을 고른 후 기는 불전함에 지폐 몇 장을 넣었다. 불전함에 지폐를 넣는 것을 확인한 공양주가 스님의 방으로 들어갔다.

잠시 후 공양주가 기를 불렀다.

 기와 스님은 마주 서서 합장을 했다.

 "서 계시지 말고 앉으시지요."

 스님은 'ㄱ'자로 손가락을 구부려 오른쪽 귀 뒤 머리를 긁으며 앉았고 기는 소반을 사이에 두고 스님과 마주 앉았다. 스님은 기의 얼굴을 한참 바라보다 텅 빈 소반 위로 시선을 고정한 채 염주를 돌리기 시작했다. 하나씩 하나씩 천천히 천천히 염주 구슬이 엄지손가락을 넘어갔다. 스님은 염주를 돌렸고 기는 그것을 보았으며, 공양주는 차를 들고 들어오다 멈춰 섰다. 염주가 세 번 돌았다. 정확히 오십네 개의 염주 구슬이 엄지손가락을 지나갔을 때 스님이 헛기침을 했다.

 "아니, 스님을 보러 오셨으면 이야기를 해야지. 뭐하시나. 무슨 이야기든 해보세요. 우리 스님이 다 들어주신다니까."

 공양주가 소반에 차를 내려놓으며 기에게 말했다. 기는 네, 라고 짧게 대답했지만 말을 잇지 않았다. 고개를 숙인 채 멈춰버린 염주를 쳐다보았다. 염주를 쥔 손이 고왔다.

 "오늘은 제가 먼저 이야기하지요."

 스님이 기의 잔에 차를 따르며 입을 열었다. 기는 고개를 끄덕였다.

 "낯이 많이 익습니다. 처사님 얼굴이. 아마도 전생에 처사님과 제가 제법 사연이 있었나 봅니다. 나쁜 인연은 아니겠네요. 이렇게 부처님이 계신 곳에서 다시 만났으니까요. 하하."

아이고. 별일이시네. 우리 스님이 먼저 이야기를 다 하시고. 옆에 있던 공양주가 방석을 가지고 와 자리를 잡았다.

"부처님 앞에서 할 이야기는 아니지만 저도 기억하는 전생이 딱 하나 있습니다. 전생에 저는 버섯이었습니다. 꽃을 피우고 싶어 하는 버섯이었지요. 옆에 핀 예쁜 꽃들을 보며 버섯은 왜 꽃을 피울 수 없는지 억울하기도 했고 부럽기도 했습니다. 그렇게 수십 년 피고 지는 꽃들을 바라보다 문득 이런 생각을 했습니다. 꽃이 별건가. 벌과 나비가 찾아와 같이 놀아주면 그게 꽃이 아닌가. 그때부터 버섯은 자기를 꾸미기 시작했습니다. 머리 색깔도 빨강으로 바꾸고 향기도 만들었습니다. 그러던 어느 날. 드디어 나비 한 마리가 찾아왔지요. 버섯은 너무나 기뻐서 가지고 있던 모든 향을 뿜어내었습니다. 바람이 불지 않는데도 바람이 불어오는 척, 바람에 흔들리는 꽃인 척 몸을 흔들었지요. 하지만 버섯의 빨강 머리에 앉았던 나비는 잠시 후 버섯이 꽃이 아니라는 것을 알아차렸습니다. 그러고는 뒤돌아보지 않고 날아가 버렸습니다. 제가 기억하는 전생은 거기까지입니다. 그 뒤에 버섯이 어찌 되었는지는 잘 기억나지 않습니다. 뒷이야기가 중요하겠습니까?

어차피 전생인데."

옆에 앉아 있던 공양주가 하이고. 세상 살다 살다 별일이네. 별일이야. 내 앞에서는 전생 이야기는 한 번도 꺼내지 않으시더니. 우리 스님한테 그런 전생이 있었어요? 하이고. 자신도 처음 듣는 이야기라며 하이고 하이고를 반복했다.

"이제 해결되셨습니까? 꼭 자기 이야기를 해야 일이 되는 것은 아닙니다. 다른 사람 이야기를 듣기만 해도 술술 일이 풀려나가는 경우도 있지요. 하하. 그런데 처사님. 가지고 오신 종이 가방에 든 것은 무엇입니까?"

기는 아. 예. 하며 종이 가방에 넣어 두었던 사과를 꺼내어 소반 위에 올렸다. 공양주가 어. 사과네. 하며 스님을 쳐다보았다. 스님은 물끄러미 사과를 보다가 고개를 끄덕였다.

"사과의 빛깔이 참 곱네요. 빨강이네요. 처사님. 빨강의 보색이 뭔지 아십니까?"

기는 스님의 얼굴을 보며 대답 없이 웃었다. 공양주는 스님과 기의 얼굴을 번갈아 살폈다. 스님은 공양주에게 종이를 가져다 달라 했다.

"사과는 다시 저기 놓아두시고 제 글이나 하나 받아 가십시오. 우리 절에 오시는 분들에게 드리는 저의 답이지요."

스님은 글을 써 내려갔다. 청산은 나를 보고….

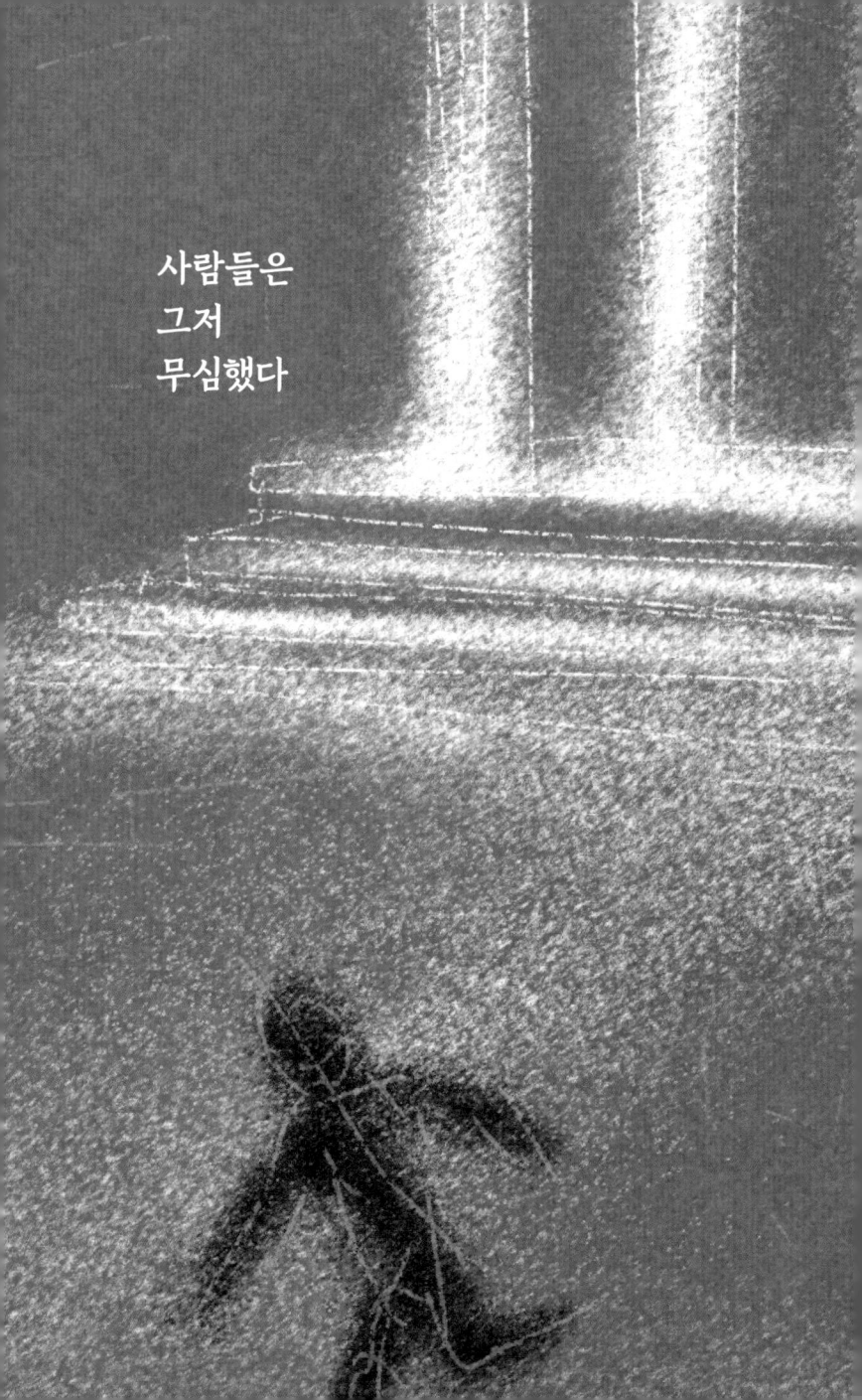

K가 A의 의도를 알고 있었고 그로 인한 결과를 예측했는지 그렇지 않은지에 대해 판단해야 했다. 참고인으로 소환했으나 수사기관에서는 K를 어떤 방식으로 대할지에 대해 의견이 분분했다. 한쪽에서는 굳이 수사 대상을 확대하여 일을 번거롭게 만들 필요가 없지 않으냐, K는 단순히 사익을 취한 판매자일 뿐 A의 행위와 그로 인한 결과에 대해 책임을 져야 할 어떠한 이유도 없다는 입장이었다. 다른 쪽에서는 K가 A의 행위에 관련된 제반 상황에 대해 충분히 파악하고 있었고 자신이 A에게 제공한 도구가 어떤 방식으로 사용될지와 그 결과에 대해 분명히 알고 있었기에 책임의 범위가 어디까지인가가 문제이지 책임의 유무는 이미 판단 대상이 아니라는 태도를 견지했다.

 참고인으로 소환된 K가 a4지 십 매에 달하는 진술서를 제

출했으나 그 내용은 대부분 사건과는 관련이 적은 K 과거에 대한 회상이었다. 진술서 중간중간에 A와 피해자들 사이에 전개되었던 저간의 사정들을 써놓기는 했지만 그것은 이미 수사기관이 확보한 내용과 다르지 않는 '사실'을 서술한 것 이상도 이하도 아니었다. K의 과거에 대한 회상 부분은 이번 사건에서 K의 위치에 대해 말해주지 않았다. 단지 진술서의 페이지를 늘이려는 얄팍한 수로 보였다. 하지만 그렇다 하더라도 K가 이번 사건과 관련한 법적 책임을 져야 하는 위치에 있지 않다면 비난할 수는 없는 일이었다. K 스스로가 이번 사건을 계기로 과거를 돌아본 기록은 다른 사람은 공감할 수 없고 진위를 따질 수 없는 그저 개인의 회상이었으니.

일부에서는 진술서에 서술된 내용만으로도 K가 이번 사건의 전개와 결과에 대해 예측할 수 있었다는 주장을 했지만 그 주장은 반대 측을 설득하지 못했다. 다만 진술서 끝부분, K가 그날 취한 이득으로 자신의 가족들과 함께 취했던 행동들에 대해서는 비난받아 마땅하다는 점에 대해서는 수사기관 구성원 대부분이 동의했다. 하지만 도덕적인 비난이 법적 책임을 뜻하는 것은 아니었다. 게다가 도덕적인 비난마저도 할 수 없다는 의견을 견지하는 일부의 구성원도 있었다.

사실 K에 관한 것은 그저 지나갈 수 있는 일이기도 했다.

범죄자가 범행에 사용한 도구를 어디서 구했는지에 대한 객관적인 기술 몇 문장이면 충분한 것이었다. 문제를 확대한 것은 수사관 김이었다. 그는 범죄의 발생을 사전에 막았을 수 있는 몇 가지 단계에 대해서 깊이 고민했다. 그가 평소 일상의 모든 측면을 문장으로 나누어 기술하고 문장들 사이의 관계와 앞 문장이 뒤 문장에 미치는 영향에 대해 반복적으로 사고 실험을 하는 사람이라는 것을 아는 이라면 당연히 수사관 김은 그렇게 할 사람이라고 고개를 끄덕였을 것이다. 하지만 대부분의 동료는 그가 하루를 마무리하며 노트에 정리하는 문장들을 보며 단순히 일기 같은 것이라 생각했고 일기 같은 귀찮은 작업을 해내는 수사관 김을 좋게 보면 독특하고 나쁘게 보면 정상적이지 않은 별종이라 취급했기 때문에 수사관 김의 문제 제기에 대해 짜증을 냈다. 쉽게 말해 빨리 정리하고 다른 사건으로 넘어갈 수 있는 것을 이상한 놈이 이상한 방식으로 건드려 모호하고 덩치가 큰 사건, 상황으로 만들어 놓았다는 것이었다. 물론 수사기관 상부에서도 그렇게 생각했다면 수사관 김의 문제 제기는 없던 일, 존재하지 않았던 것으로 묻혀 넘어갔을 것이다. 하지만 수사기관 상부는 이 문제 제기에 흥미를 보였다. 수사관 김의 문제 제기에 대한 결론이 자신들의 평판과 행보에 어떤 도움을 줄 수 있을 것 같아 보였기 때문이었다. 그것은 수사관 김이 문제 제기를 한 다음날 바로 어느 정도 입증되었는데 김과 친한 기자 한 명이 김의 문제 제기에 대한 기사를 썼고 무척 지루해 보이는 내용이었음에도 대중의 호응이 제법 있었다. 김이 제기한 문제는 댓글의 수와 공유의 횟수가 평소 범죄 기사의 서너 배를 넘었고, SNS상에서 주요한 토론 주제가 되었다. 토론의 제목은 이랬다.

'범죄행위에 사용된 도구의 제조 및 판매자의 법적, 도덕적 책임에 관하여.'

인기 있는 토론 주제 순위를 매기는 한 사이트에서는 'K방산, 경제를 살리는 또 하나의 효자종목, 어디까지 가능한가?'를 누르고 9위에 랭크되었다. 실수와 무능으로 관심을 받는 것이 아니라 신선한 문제 제기와 그 해결의 방향으로 관심을 받는다는 사실이 수사기관 상부의 의식과 의지를 고양했다. 수사기관 상부는 특별히 이 문제에 대한 팀을 구성했고 수사관 김을 전권을 가진 책임자로 지명했다. 김은 사전에 자신이 작성했던 노트를 팀원들과 공유했고 그것을 기반으로 수사를 진행했다.

범죄의 발생을 예방할 수 있었던 몇 가지 단계에 대한 수사관 김의 기술은 아래와 같았다.

1. 주차장에서 발생한 사건 – 세발자전거를 타던 아이를 시야에서 놓쳐버린 피해자의 실수와 그에 대한 A의 반응.
2. 이후 발생한 A와 피해자 가족들 사이의 사소한(아파트 동 현관 입구에 자전거 따위의 물건을 놓아두는 것에서부터 잘못 배달된 택배의 소재를 따지는 것, 현관 청소를 한 물이 서로에게 흘러들어오는 등등) 다툼과 이를 둘러싼 이웃들의 자세.
3. A가 아파트 동 현관 앞 잔디밭에 조성한 텃밭과 이에 대한 피해자 가족의 이의제기, 관리사무소의 해결방안과 그에 대한 A의 대응.
4. A가 K의 가게로 와 얇고 뾰족한, 비교적 긴 칼을 요구했을 때 K의 판단과 행동.

김은 각 번호의 문장 뒤에 볼펜으로 자신의 의견을 덧붙여 놓았다.

1. 주차장에서 발생한 사건 – 세발자전거를 타던 아이를 시야에서 놓쳐버린 피해자의 실수와 그에 대한 A의 반응. –

작은 그러나 위험했던 해프닝에 대한 당사자들 각각의 대응에 아쉬움이 많다. 그러나 이들은 이후 발생한 사건의 가해자와 피해자로 각각의 행동에 대한 책임을 감당한 것으로 판단한다.

2. A와 피해자 가족들 사이의 사소한(아파트 동 현관 입구에 자전거 따위의 물건을 놓아두는 것에서부터 잘못 배달된 택배의 소재를 따지는 것, 현관 청소를 한 물이 서로에게 흘러들어오는 등등) 다툼과 이를 둘러싼 이웃들의 자세. - 사소해 보이지만 당사자들의 감정의 악화를 불러일으킨 사안들이다. 여타의 정황과 이웃들의 진술을 종합할 때 이웃들은 그들이 할 수 있는 범위 내에서 합리적인 중재를 한 것으로 보인다. 여기서도 핵심은 당사자들인데 당사자들간의 묵은 감정을 점진적 혹은 한꺼번에 해결할 수 있는 계기가 없었다는 것이 아쉽다. 그러나 당사자들이 아닌 이웃들에게 법적, 도덕적 책임을 물을 수 없다는 것은 명확하다.

3. A가 아파트 동 현관 앞 잔디밭에 조성한 텃밭과 이에 대한 피해자 가족의 이의제기, 관리사무소의 해결 방안과 그에 대한 A의 대응. - 당사자들, 특히 A의 분노발작을 유도한, 가해자로서 A를 있게 한 사건이다. 통념으로 보았

을 때 이것은 전적으로 A의 잘못이다. 그러나 이의제기를 당사자 중 한쪽인 피해자가 했다는 점이 아쉽다. 피해자가 아닌 제삼자 혹은 관리사무소에서 선제적인 제지 혹은 해결방안을 강구했다면 A의 분노가 피해자를 향하지 않았을 수도 있지 않을까? 하지만, 역시 이것을 가해자가 아닌 누군가의 책임으로 돌릴 수는 없다.

4. A가 K의 가게로 와 얇고 뾰족한, 비교적 긴 칼을 요구했을 때 K의 판단과 행동. – 수사관이 보았을 때 이번 사건의 가장 결정적인 지점이다. K는 A와 피해자 사이에 있었던 저간의 상황을 모두 알고 있었다. 또한 K의 진술서를 참고하자면 K는 어렴풋이 혹은 명확하게 A의 의도에 대해 짐작하고 있었던 것 같다. 그럼에도 안이한 판단, 사적인 이해 등이 복합적으로 작용하여 범죄에 사용된 결정적인 도구를 A에게 제공했다. 판매를 거부했다거나 혹은 판매 후 피해자와 경찰에 연락을 취했더라면 끔찍한 결과를 예방할 수 있었을 것이다. 하지만 K는 그러지 않았다. 심지어 판매 대금을 사용하여 자신의 가족과 여유로운 일상을 즐겼다. 도덕적인 책임은 당연히 면할 수 없으며 법적인 책임에 대해서도 적극적으로 검토하여야 한다고 생각한다.

수사관 김의 확고한 의지에 의해 K는 주요한 조력자 혹은 방관자로 지명되었고 그에 따라 법적인 검토의 대상이 되어갔다. 다시 한번 수사기관으로 불려가 이전에는 받지 않았던 심문과정을 거쳤고 두 번째 진술서를 작성했다. 과거의 이야기는 쓰지 말 것과 이번 사건에 대해서만 기술할 것을 요구받았고 K는 충실히 따랐다. 그는 자신의 무고함을 설명하기 위해 최선을 다했으나 김과 그의 논리에 따라 심문하는 수사관들의 추궁에 적극적으로 대응하지 못했다. 물론 구속 수사까지는 이르지 않았다.

　김의 팀이 결론을 내고 K에 대한 기소 의견을 정리할 즈음 여론의 변화가 있었다. 조력자 혹은 방관자로서 K를 향했던 비난 여론은 주요 일간지 중 한 신문에 실린 사설-그렇다면 K 방산은 칼이고 대한민국은 A인가, 미래 먹거리 이렇게 날려버리나-이 나온 이후 방향을 바꿨다.
　'수사기관의 논리에 따른다면 지구 각지의 현실적, 잠재적 분쟁지역을 중심으로 판매 대상을 넓혀가고 있는, 가격과 성능 면에서 다른 나라를 압도하며 승승장구하고 있는 대한민국의 수출 효자 K 방산은 전쟁으로 인한 살인과 피해의 조력자, 방관자가 되는 것이 아닌가? 도덕적인 잣대로 모든 문제를 바라본다면 죄인이 아닌 자가 어디 있단 말인가? －중략－별개의 문제라 말하지 말라. 이것은 우리 사회의 가치에 대한 문제다. 자영업자의 합법적 행위, 생계와 부의 축적을 위해 물건을 파는 행위는 우리 사회의 근본이 아닌가? 그 결과까지 책임지게 할 수는 없다. 그것은 자유대한을 부정하는 행위와 같다. 무리하고 부당한 수사를 멈추라.'는 내용이었다. 이것은 큰 파장을 불러일으켰다. 수사기관 상부는 대통령실과 국회로부터 전화가 오기 전 이미 방침을 바꿨다. 그저 일개 범죄 수사로 생각했던 사안이 국가의 가치관에 대한 문제로 확대되는 것을 원치 않았다. 그런 관심은 자신들의 행보에 도움이 되지 않을 것이 분명했다.

 결국 김의 수사팀은 해체되었다. 김이 끝까지 항변해보았지만 조직 내의 결정을 바꾸지는 못했다. K는 혐의 없음이라는 통보를 받았고 수사기관 상부는 공식적으로 사과했다. 그날 K 방산은 모 국가와 일조 오천억 원 상당의 판매계약을 했고 언론들은 일제히 대서특필했고 정치권은 앞다투어 환영의 논평을 내어놓았고 사람들은 그저 무심했다.

닭의 장풀

점심을 먹는 동안 소나기가 내렸다. 시원해질까 싶었는데 오히려 습도만 높아졌다. 식당 바깥에 있는 화장실에서 세수를 하고 나오며 하늘을 올려다봤다. 언제 비가 내렸나 싶게 말갛고 파란 하늘이었다.

"아이고 더워라. 여서 뭐합니까? 그늘에 가서 좀 쉽시다. 담배도 한 대 피우고."

검고 붉은 피부를 가진, 나보다 머리 하나 정도 키가 크고 깡마른 사내가 내 옆으로 와 섰다. 오늘부터 나와 한 조가 된 사내였다. 우리는 식당 처마 옆 그늘진 곳으로 가 앉았다. 사내는 두 손에 들고 있던 생수병 중 하나를 자기 얼굴에 문지르면서 남은 하나를 내게 건넸다. 냉동고에서 막 꺼낸 생수병이었다.

"이 일 한 지 오래입니까?"

"오래되고 말고가 있습니까? 아무나 할 수 있는 일인데. 내가 전기 기술자도 아니고. 어제 처음 해 본 일입니다. 어제 하루 하고 말 줄 알았는데 다행히 오늘 또 나오라 하더라고요."

태양광 발전 패널 설비 공사 현장은 처음이었다. 공사 현장이 집에서 비교적 먼 곳이라 어쩔까 했지만 일당이 나쁘지 않았고, 현장이 산이라 하니 마음이 갔다. 오후 작업을 시작한 후에도 사내는 계속해서 말을 걸거나 자기 이야기를 했다. 손놀림을 멈추거나 쉬지는 않았다. 입을 통해 노동의 무게를 내뱉고 덜어내는 것 같았다. 사내의 목소리가 조금 컸었는지 공사 감독이 이쪽으로 걸어왔다. 잠시 조용하다 싶었는데 감독이 사라지자 사내가 입을 열었다.

"이거, 이거 이름이 뭔지 압니까?"

보랏빛 꽃이었다. 하나가 아니고 여러 개가 뭉쳐진. 주위를 둘러보니 공사 부지에 지천으로 깔린 풀이었다. 사내가 가리킨 꽃으로부터 눈길이 닿는 곳까지 퍼져나간 보랏빛이 그제야 눈에 들어왔다.

"아니오, 이름이 뭡니까?"

"이게 바로 닭의 장풀. 닭장 옆에 잘 자란다고 해서. 달개비라고 하면 들어 보셨으려나? 예쁘지요? 봄에 나는 것은 먹기도 했는데."

사내는 꽃을 하나 꺾어 머리에 꽂고 내 쪽으로 고개를 돌리며 손가락으로 V자를 그렸다.

"이것들이 예쁘기는 한데 풀은 풀이거든요. 그래서 웬만하면 보는 족족 뽑아버려야 합니다. 그러지 않으면 아주 엉망진창이 됩니다. 생존력이 엄청나거든요. 여기 뽑아 놓으면 저기서 나고 저기서 뽑아 놓으면 저쪽 어딘가에서 또 나고 있고. 약으로도 쓰인다고 듣긴 들었는데, 그렇다고 이걸 약으로 쓰겠다고 캐고 다니는 사람을 본 적은 없으니."

사, 오 일 정도 평탄 작업이 끝난 후 콘크리트 작업이 시작됐다. 태양광 패널을 올리고 고정할 자리를 만드는 작업이었다. 설명을 듣고 흩어져 막 작업을 시작하려는데 보랏빛 꽃이 보였다. 나는 잠깐 머뭇거렸다. 꽃이라 생각하고 나니 마음이 쓰였다.

"왜요? 무슨 일입니까? 그 잡초 꽃 때문에요? 아이고, 보기보다 마음이 여리시네."

뭐라 대답할 새도 없이 사내가 삽으로 땅을 내리찍었다.

"이 녀석들은 어디서든 잘 살아낸다 했지요. 걱정 마십시오. 죽었나 싶어도 다시 머리를 내밉니다. 자, 하지요. 오늘 좀 많이 파야 하던데."

하지만 한번 간 마음을 되돌릴 수 없었다. 작업을 하는 동안 가능한 꽃을 피해 삽질을 했다. 사내는 그 모습을 보며 피식 웃었지만 더 이상 입을 대지는 않았다. 땅을 파는 작업은 그전 작업보다 힘이 많이 들었다. 오전 일을 마칠 즈음 우리는 땀으로 범벅이 되었다. 땀에 젖은 옷 때문인지 몸이 무거웠다.

일주일이 지났다. 전날부터 태양광 전지 패널들을 설치하기 시작했다. 넓고 큰, 검은 판들이 땅을 덮었다. 설치는 전문 업체의 사람들이 했고 나와 사내는 보조 일을 했다. 주로 장비, 도구를 가져오라는 심부름이거나 패널을 고정하는 동안 흔들리지 않게 잡는 일이었는데 검은 전지판에 반사된 빛에 내내 눈이 부셨다. 그날따라 사내는 말이 없었다. 나는 사내가 입을 여는 것을 기다리다 먼저 말을 걸기로 마음먹었다.
"이럴 줄 알았으면 싸구려 선글라스라도 하나 가지고 오는 건데. 말이라도 좀 해주지. 안 그래요?"
연철은 부러 툴툴거렸다.
"오늘 마치고 한잔합시다. 술 하지요?"
사내가 말했다.
일을 마치고 둘은 식당에 남았다. 삼겹살과 소주 몇 병 부탁합니다. 점심을 먹고 나오는 길에 식당 주인에게 부탁해놓았었다.

"이건 내가 낼게요."

"아이고, 고맙습니다. 잘 마실게요. 하하. 자, 한 잔 받으십시오."

사내는 내 잔에 술을 따랐다. 둘은 공사가 얼마나 이어질지, 어느 어느 지역에 열린다는 큰 공사판에 대해 이야기를 나눴다. 가끔 티브이에 나오는 정치인이나 대통령 얼굴을 보며 욕을 해대기도 했지만 오래가지 못했다. 문득 사내가 했던 말이 떠올라 내가 말을 꺼냈다.

"그, 닭의 장풀인가 하는 것들 말인데, 패널들이 다 올라가고 나면 햇빛을 못 받을 텐데 괜찮을까요? 오늘 보니 패널 밑은 완전히 응달이던데. 햇빛도 못 받고 비가 와도 빗물이 스며들려면 오래 걸릴 텐데. 쟤들도 꽃이 피려면 해도 보고 비도 맞고 해야 할 텐데."

"글치요. 햇빛을 아주 못 받지는 않겠지만 아무래도 받는 시간이 많이 줄어들 겁니다. 물도 마찬가지 아니겠습니까. 위에서 흘러 내려오거나 땅속으로 흘러든 빗물이 있기는 하겠지만 그 전만 못 하겠지요. 뭐, 그래도 어떻게든 살아가겠지. 그래서 잡촌데. 잡초가 제일 강하다 안 합니까."

"그렇겠지요? 하긴, 우리가 잡초 걱정할 일은 아니지만, 몰랐으면 몰라도 알고 보니. 꽃이 예쁘더군요. 자꾸 보니까."

"자세히 보아야 예쁘다 카는 말도 있다 아입니까. 무슨 유명한 시에 나온다 하던데. 하하."

나는 사내의 말에 고개를 끄덕이다 오늘 왜 말이 없었는지, 무슨 일이 있는 건지 물었다. 사내는 소주잔을 들어 한입에 털어 넣고는 한숨을 쉬었다. 사내가 살고 있는 아파트가 재건축이 된다고 했다.

"오늘 회식은 내가 쏠 일이 아니네. 듣고 보니."

"그게 그리 간단한 일이 아입니다."

재건축 이야기는 제법 오래전부터 나왔다. 하지만 재건축으로 이어지지는 않았다. 아파트 주민들 중 상당수는 전세나 월세로 입주해 있는 사람들이었고 자가로 살고 있던 사람들도 막상 재건축을 위해 집을 비워야 한다는 생각에 들면 막막했다. 재건축을 위한 투표에서 찬성표는 번번이 60%를 넘기지 못했다.

"다들 말만 재건축, 재건축 했지 실제로 벌이지는 못했거든요."

이번에는 달랐다. 외지의 한 부동산 업체가 작은 평수의 아파트를 사들이기 시작했다는 소문이 돌더니 재건축을 위한 투표 공고가 붙었고 투표 결과 찬성률이 60%를 넘었다. 사내도 찬성표를 던졌다. 재건축 조합이 결성되었고, 시행사와 건설사 입찰이 시작되었다.

"저야 뭘 압니까. 마누라가 이번에는 꼭 재건축을 해야 한다 해서. 그런데 어제 웬 서류가 집에."

재개발 후 지어질 아파트의 대략적인 평수, 호수와 조합원이 부담해야 할 자가 분담금에 대한 안내서가 왔다고 했다. '평단 건축비는 천 만원 정도 예상하고 있으며 기존 조합원의 경우 크기별로 기존 아파트의 가치를 산정해서 건축비에서 기존 아파트의 가치, 늘어나는 세대의 분양이 다 된다는 가정 하에서의 이익을 조합원 수로 나눈 가치 등등을 뺀 금액이 자가 분담금이 될 것이다. 그리고 경제성을 따져보니 아파트 층수를 기대만큼 높이지는 못한다. 이리저리하니 조합의 이익이 많을 것 같지는 않다, 양해 바란다.'라는 내용이었다.

"지금 제가 살고 있는 집이 열다섯 평인데 작은 것을 고른다고 해도 스물여덟 평이니 거의 두 배가 되는 셈입니다. 그것만 해도 건축비가 이억 팔천이라는 말인데 절반만 낸다 해도 일억 사천을 제가 감당해야 한다. 이런 좆같은 계산이 나오더라 이 말입니다. 시발."

그것 때문에 아내와 심하게 싸웠다고 했다.

"마누라가 무슨 잘못이 있겠습니까? 돈 못 버는 제 잘못이지요. 헛바람 불어넣으며 돌아다닌 나쁜 놈들 탓이지요."

사내는 물 잔의 물을 바닥에 부어 버리고는 소주를 물 잔에 따르더니 벌컥거리며 마셨다.

"뭐, 어찌 되겠지요. 안 되면 팔고 또 이사 가면 됩니다. 우리가 한두 번 돌아다닌 것도 아니고. 아이들도 외지에 나가 있으니 마누라하고 나하고 둘이야 어디든 누울 곳이 있겠지요."

불판의 고기는 줄어들지 않았지만 술병은 쌓여갔다. 나는 이것저것 이야깃거리를 찾아 건넸지만 사내는 취한 탓인지 말없이 고개만 끄덕이는 일이 많아졌다. 간혹 중얼거리기도 했는데 알아듣기 힘들었다. 시발 시발 욕지거리만이 분명하게 들렸다. 욕설이 사내의 술버릇이었는지 이번만 유독 그런 것인지는 알 수 없었지만 거슬리지 않아 나는 가만히 있었다. 오히려 가끔 욕을 따라 하기도 했다. 사내가 시발 하면 내가 따라서 시발, 사내가 지랄 하면 또 따라서 지랄. 한동안 식당은 시발 지랄 거리는 욕설로 가득했다.

사내가 비틀거리며 자리에서 일어났다. 화장실에 가려나 싶었다.

"혼자 가도 괜찮겠어요? 넘어질 것 같은데."

사내는 손을 들어 안심하라는 듯 휘휘 젓고는 식당 밖으로 나갔다. 제법 시간이 지났는데 식당 밖으로 나갔던 사내가 돌아오지 않았다. 어디서 잠이 든 것인지, 비탈을 굴러 아래쪽에 처박힌 것은 아닌지, 잠시 고민을 하다 나는 사내를 찾아 나서기로 했다. 아직은 달빛이 남아 있는 밤이었다. 그 달빛을 배경으로 누군가 연철을 향해 걸어오고 있었다. 사내였다. 사내는 대뜸 들고 있던 검은 비닐봉지를 내게 건넸다.

"아무래도 안 되겠더라고. 시발. 쟤들도 살아가는 놈들인데. 햇빛은 볼 수 있어야 할 것 아니야. 비도 맞아야 하고. 아이, 시발. 미안합니다. 그리고 이건 선물입니다. 아니다 숙제인가. 볕 잘 들고 물기 많은 곳에 심어 주세요. 거기서 또 어떻게든 살아가게."

물을 주다

상사화 꽃대가 잘렸다. 하루에 한 뼘 이상 솟아오르던 꽃대의 허리가 두 동강이 났다. 자줏빛 꽃을 기대하던 K는 아연실색. 물었다. 무슨 일이 있었던 건지.

"오늘 아침에 동네 전체에 약을 쳤거든. 약 치시던 분이 가지치기를 해주겠다 하더라고. 고맙다 했지. 그런데 저렇게 해뒀더라고. 뭐라고 말도 못 하겠고."

작년에는 황칠나무의 몸통을 자른 분이다. 다행히 옆으로 새 가지가 나오기는 했지만.

"이 땡볕에 약 친다고 고생했을 텐데 뭐라 할 수도 없고."

K는 바닥에 널브러진 꽃대를 들고 서서 또 다른 이상은 없는지 주위를 살펴보았다. 잎과 꽃이 만나지 못한다 해서 상사화라 부른다지. 꽃과 K가 만나지 못하는 여름이 되어 버렸다.

"이리 줘."

S는 내 손에서 꽃대를 빼내 집으로 들어갔다. 긴 유리잔에 물을 받고 꽃대를 담았다.

다행히 꽃이 피었다. 하루 이틀의 간격으로 봉오리들이 자줏빛 꽃잎을 펼쳤다.

"고마운 일이네."

"얘가 조금 빨리 나왔어. 조금 있으면 옆에서 다른 애들이 올라올 거야. 너무 마음 아파하지 마."

S가 위로를 했고 K는 가만히 상사화를 들여다보았다.

며칠 뒤부터 한동안 비가 왔다. 이 비는 언제 그칠까? 이 정도 비면 땅속 깊이까지 충분히 젖겠지. 처마 아래에서 비를 피해 서 있던 K는 이제 막 영글기 시작한 단감의 개수를 헤아리며 생각했다. 그리고 땡볕 더위가 이어졌다. 이 주? 삼 주? 내일이면 조금 시원해질까 싶었지만 뜨겁다 못해 따가운 햇살은 이른 아침부터 초저녁까지 이어졌다. 축 늘어지고 말라가는 잎을 보며 물을 줘야 하나 생각했지만 그러지 못했다. 너무 더운 탓에 엄두를 내지 못했다. 해가 있을 때 물을 주면 잎이 다 타버린다는, 어디선가 들은 이야기를 핑계 삼아 저녁에 물을 주겠다 다짐했지만 그저 변명일 뿐이었다. K는 약속이 많았고 저녁 늦게 집으로 돌아왔다. 결국 물을 주는 것은 S였다.

 일요일 아침이었다. 밤새 더위로 뒤척였지만 K는 평소처럼 아침 일찍 눈이 떠졌다. 묵직한 두통과 찌뿌둥한 몸을 이끌고 일어나 앉았다. 멍하니 있다가 지난 밤 남겨놓은 수박을 찾아내 몇 조각 먹고는 믹스 커피를 탔다. 커피잔을 들고 정원으로 나갔다. 잔디는 아직 견디고 있는 듯 보였고 국화와 나팔꽃 잎은 바싹 쥐면 바스락 소리를 내며 가루가 될 것 같았다. 늘어지고 말라비틀어진 고추 줄기와 잎 사이로 천천히 오가는 벌레들이 보였다. 약을 줘도 소용이 없네. 하지만 K는 호스를 끌어와 물을 줄 생각을 하지 않았다. 내일쯤 비가 오면 좋겠는데. 비가 온다 하지 않았나? 생각만 하고는 돌아서는데, 상사화 꽃대 두 개가 보였다. 저건 언제 올라왔지? 그런데 힘이 없어 보였다. 꽃봉오리도 마찬가지 끝부분이 말려들어 가고 생기가 없었다. 물이 없나? 올해는 제대로 된 상사화를 보기 힘들겠네. K는 남아있는 커피를 홀짝거리며 처마 아래 그늘에 놓인 의자에 앉았다. 햇살은 따가웠지만 바람은 조금 시원해진 듯했다. 이제 곧 가을인가? 그런데 왜 이리 더운 거야. K가 혼잣말을 하는 사이 S가 대문을 열고 들어왔다. 아침 일찍 운동을 나갔던 S였다.

 "상사화 꽃대가 올라왔어. 두 개나."

K는 일어나 S쪽으로 발걸음을 옮기며 말했다.

"그런데 말라가네. 힘도 없어 보이고."

"물을 주지 그랬어."

S는 상사화를 살피고는 주위를 둘러보며 말했다. 지친 꽃들, 풀들은 이제야 제 주인을 만났다는 듯 바람을 따라 살랑거렸다.

"지금 물 줘."

"해가 있을 때는 물 주면 안 된다고 했는데."

"다 죽을 판인데 그런 게 어디 있어. 여기도 주고 저기도 주고. 돌단풍도. 봐봐. 여기 정상인 게 있어."

K는 감나무와 소나무, 단풍나무를 가리키며 쟤들은 그래도 괜찮아 보이는 것 아니냐고 대꾸했고 S는 나무들은 뿌리가 깊으니까 아래에 있는 흙에서 물을 당겨올 수 있지만 꽃이나 풀들은 뿌리가 얕아서 조금만 비가 안 와도 힘들다며, 정말 몰라서 그런 말을 하는 것이냐 물었다. K는 대답할 말이 없어서 머리를 긁적이다 물 호스를 쥐었다.

"돌단풍, 상사화, 나팔꽃, 고추, 국화만 주면 되는 거지?"

"이왕 주려고 마음먹었으면 다 줘. 근근이 버티고 있다고 해서 괜찮은 건 아니잖아. 알면서 왜 이래?"

K는 괜한 고집을 부렸다. 나무 밑 그늘에 있는 애들은 괜

찮아 보이지 않냐고, 잔디는 잘 견디고 있는 것 같고, 돌단풍은 원래 낮이면 저렇게 풀이 죽어 있지 않았냐고.

"물을 너무 많이 줘도 안 되는 거잖아. 필요한 아이들만 주면 안 돼?"

K가 볼멘 목소리로 말을 했다. S는 기가 찬다는 듯 K를 보다 한마디 내뱉고는 집으로 들어갔다.

"아, 마음대로 해."

K는 집으로 들어가는 S의 뒷모습을 보며 잔에 남은 커피를 마신 후 한숨을 잠깐 내쉬고는 따라 들어갔다. S는 방으로 들어가 옷을 갈아입었고 K는 거실에 앉아 창밖을 내다보았다.

"지금 뭐 하는 거야? 거부권이야? 자기도 누구처럼 거부권이라도 행사하려는 거야?"

주방에 들어갔다 나온 S가 말했다.

"아니야. 하려고 했어."

K는 현관으로 가 긴 팔 작업복을 꺼내 입었다. 모자까지 찾아 썼다.

"다 주란 말이지?"

"그래, 몇 번을 말해야 하는 거야? 정이 많은 사람이 왜 그래? 다 쓰러지고 말라비틀어진 뒤에 물을 주면 뭣해. 거름 만들 거야? 큰 나무들은 괜찮다 쳐. 우리 정원에 큰 나무만 있으면 되는 거야? 그럴 거면 전부 벽돌이나 시멘트로 발라 버리면 되지. 그렇게는 안 된다고 한 게 자기잖아. 정원이란 것이 나무도 꽃도 풀도 돌도, 심지어 벌레도 있어야 한다고 한 게 자기 아니야? 그런데 왜 그래? 한 두 시간 물 주고 와서 샤워 한 번 하면 될 것을."

"알겠어. 알겠다고."

K는 신을 신고 밖으로 나갔다. 수도꼭지를 열고 호스에 있던 더운물을 모두 빼낸 후 물을 주기 시작했다. 반쯤 주었을 때 S가 물이 담긴 유리컵을 들고 왔다. 시원한 물이었다. K는 땀을 훔친 후 컵을 받아들었다.

"물 주니까 좋잖아. 집도 시원해지고."

"나무도 줘? 그 아래 그늘에 있는 팔팔한 놈들도?"

"뭐라고?"

K를 보며 고개를 가로저은 S가 컵을 받아들며 말했다.

"자기도 참, 이럴 땐 애 같아. 어휴. 정말 힘들면 나무는 안 줘도 돼. 쟤들이야말로 잘 견딜 수 있을 테니까. 지난번에 내린 비로 아직 아래 흙은 촉촉할 테고, 또 다른 것들에게 물을 충분히 주면 그 물이 아래까지 가겠지. 그늘도 그래. 이 땡볕에 나무들이 만들어주는 그늘은 소중하기는 하지. 하지만 그게 비 한 방울 오지 않는 더운 날씨를 모두 감당하지는 못해. 잘 알면서. 오늘 자기 좀 이상하다."

 물을 다 주고 들어온 K는 샤워를 했다. S와 함께 아침 겸 점심을 먹었고 담배 한 개비를 들고 다시 밖으로 나왔다. 여전히 뜨거운 햇살에 금방 땀이 배어 나오기는 했지만 바람은 조금 더 시원해진 듯했다. 늘어져 있던 나팔꽃 잎이 조금은 펴졌고, 색을 되찾은 고춧잎 사이 매달린 초록 고추가 반짝였다. 상사화 꽃대는 힘을 찾았는지 내일은 십 센티는 더 올라올 듯 보였다. 덩달아 감나무 잎도, 소나무 잎도 더욱 푸르렀다.

요즘 나온 것 중 제일 긴 영화

"영원히 네 곁에 있을 거야."

I가 명주의 단발머리를 쓰다듬으며 말했지만 명주는 대답하지 않았다. 명주는 소파 반대편 벽면을 차지한 스크린을 쳐다보며 가만히 누워있었다. I도 명주를 따라 스크린으로 시선을 돌렸다. 넓고 황량한 땅과 그 땅을 가로지르는 길과 그 길을 걷는 사내가 스크린 속에 있었다. 사내는 지평선 끝까지 이어진 길 위에 돌아서 서 있었다. I는 사내가 가야 할 길을 가늠하는 것인지 지나온 길을 뒤돌아보는 것인지 궁금했지만 명주에게 묻지 않았다.

명주가 DVD방 주인에게 말했다. 요즘 나온 것 중 제일 긴 영화를 틀어주세요. 명주는 앞장서 방으로 들어갔고 I는 그런 명주를 물끄러미 바라보다 다시 방에서 나온 명주의 손에 이끌려 들어왔다. DVD방 주인이 음료수와 재떨이를 가져다주고 나가자 명주는 I의 뺨에 자신의 뺨을 가져다 대고 좌우로 돌리며 비볐다. I는 모든 상황이 낯설고 당황스러웠으며 명주가 왜 이러는지는 알지 못했지만, 명주를 실망시켜서는 안 된다는 생각을 했다. 둘은 서로의 숨결을 잡아당겼다 불어 넣었다. 숨결은 체온 그대로를 서로에게 전했고 전해진 체온은 몸과 마음을 덥혔다.

I는 담배를 입에 물고 불을 붙였다. 한 모금 깊이 빨아 당겨 담배 끝이 빨갛게, 회색으로 타들어 가는 것을 확인한 뒤 명주의 입에 담배를 물리고 새 담배를 꺼내어 다시 불을 붙였다. 영사기에서 나오는 불빛이 연기에 반사되어 반짝거렸다. 사내의 모자와 얼굴만이 흔들리는 연기 사이로 나왔다 들어갔다 반복했다. 사내는 아직 길 위에 서 있었다.

명주는 A 그리고 B와 함께 술을 마시고 오는 길이라 했다. 이것저것 말을 하다 보니 I 이야기가 나왔다고. 명주, 네가 의사 표현을 확실히 해야 해. B가 말했고 A가 고개를 끄덕였다고 했다. 그건 맞는 말이야. A가 다시 한번 강조했고 A와 B는 I를 위해서 그리고 그들 모두를 위해 명주가 마음을 정해야 한다고 명주를 몰아붙였다고 했다. 아니 니들이 왜 그래? 명주가 다시 물었고 A와 B가 우리는 동기니까, 명주 너를 아니까, 하고 대답했다. 지들이 나에 대해, 우리에 대해 뭘 안다고. 좀 웃기지 않아? 넌 어떻게 생각해? DVD방에 가기 전 I와 만났던 찻집에서 명주는 A와 B와 나누었던 이야기를 전하며 I에게 물었다. I는 명주가 동의를 구하는 것인지, 그냥 그런 일이 있었다고 전하는 것인지, 아니면 A와 B가 했던 충고를 받아들여 마음을 정했고 그 마음을 지금 말하겠다는 것인지 종잡을 수 없었다. 너와 나는 아닌 것 같아. 이미 2주 전, I가 명주에게 고백을 한 그날 명주는 I에게 답을 주었다. 그런데, 이제 와서 무슨 말인 건지, 이게 무슨 상황인 건지. I는 글쎄, 하고 대답을 했고, 명주는 I의 컵에 담긴 물을 자신의 컵에 부으며 고개를 끄덕였다. 하긴 너는 그 자리에 없었으니까. 내 말만으론 네가 그 상황을 다 알 수 없겠지. 어두운 찻집 안이었지만 명주는 얼굴이 붉었다. 그런데 나 왜 불렀어? I는 애써 차분한 척 명주에게 물었다. 아니 걔들이 그러니까 살짝 화가 나는 거야. 이상하게. 그런데 걔들한테 화를 내지는 못하겠고. 그냥 네 생각이 나더라고. 우리는 뭘까 싶기도 하고. 명주는 I의 얼굴을 지나쳐 I 뒤로 보이는 창밖을 살피며 대답을 했다. 명주는 자기 입에서 '우리'라는 단어가 두 번째 나왔다는 사실을 알까? I는 자신의 얼굴 옆으로 비스듬히 시선을 두고 있는 명주의 눈을 바라보았다.

  I는 들뜬 마음으로 나왔다. 명주가 먼저 연락을 해왔고, 찻

집에서 만나자 했으니까. 이런 적이 없었으니까. 너랑 나는 아닌 것 같다, 말했지만 그것이 끝이 아닐 수도 있는 거니까. 학생 회관 옆 벤치에서 나누었던 입맞춤이, 딱딱거리며 부딪혔던 앞니와 달고 따듯했던 명주의 타액이, 너 처음이구나 하고 웃으며 I의 뺨을 꼬집던 명주의 손이, 다음은 어떻게 해야 할지 몰라 더듬거리던 그날 밤이 I의 머리에서 가슴으로 내려앉았다. 그래, 그럴 수도 있겠다. I의 구애에 대한 명주의 성의 표시와 I의 객기가 만들어낸 한 차례 우연한 밤이 아닐 수도 있는 거니까.

영화 보고 싶어. 피우던 담배를 재떨이에 눌러 놓으며 명주가 말했다. 영화? 지금 시내로 나가자고? I가 물었고 아니 그냥 DVD방에나 가자, 하고 명주가 대답을 했다. 좀 전에 마신 술이 깨버렸어. I, 네가 한잔하고 싶다면 옆에 앉아 있어 주기는 할게. 내가 나오라고 했으니까 그 정도는 해야겠지. 그런데 술이 깨고 나니 머리가 아프네. 어디든 들어가서 쉬고 싶어서 그래. I와 명주는 찻집을 나와 DVD방으로 올라갔다. 카운터 좌우로 빼곡하게 들어차 있는 DVD와 영화 포스터를 번갈아 살피고, 인기 대여 순위 1위부터 30위까지 제목을 읽어 내려가던 I 뒤에 서 있던 명주가 주인에게 말했다.

"요즘 나온 것 중 제일 긴 영화를 틀어주세요."

시작은 I가 집을 나오면서부터였다. 축제가 한창인 봄이었다. 학교 후문 가까이 방을 구했다. 시장에 가서 싸구려 레이온 이불을 샀다. 가스버너와 양은 냄비, 수저를 구했고, 라면 박스에 포장지를 입혀 책상과 밥상을 대신했다. 축제는 끝났지만 축제와 같은 밤은 계속되었다. I는 낮에는—수업시간을 제외하고—학회실에서 시간을 보냈고, 저녁에는 기웃거리며 사람들을 만났고 술을 마셨고 이야기를 나눴다. 이야기들, 새벽까지 이어지는 모든 이야기들을 듣고 끼어들고 목소리를 높이고 그러다 흩어지는 모든 자리에 I가 있었다. 미처 하지 못한 말들, 욱하고 치밀어 오르는 말들이 남아 있는 밤이면 자취방을 지나쳐 후문으로 들어갔다. 학회실로 들어가 책상 위에 놓인 모둠일기에 그 말들을 한바탕 쏟아내고 나서야 방으로 돌아갔다. 괜한 짓을 했어, 다음 날이면 후회를 하곤 했지만 써놓았던 글을 지우거나 일기장을 찢지는 않았다. 뭐, 어쩌라고. 틀린 말을 한 것도 아니잖아.

모둠일기가 네 일기장이냐? 선배들이 가끔 I에게 던지듯 말을 했다. 그렇게 많은 답글이 달리는 일기장 보셨습니까? I는 선배들이 던지는 말을 그렇게 받아쳤다. I가 써놓은 글 아래로 여러 말들이 달렸다. 밤새 써놓고 방으로 내려간 뒤 아침에 등교를 하면 답글이 쓰여 있었고, 거기에 답글을 쓰고 수업을 듣고 오면 다시 답이 달려 있었다. 몇 번을 그렇게 주고받다 보면 격한 단어가 오고 가기도 했고, 때로는 동지를 만난 듯 서로를 향한 밝은 마음이 전해지기도 했다. 어떤 경우든 마무리는 술자리였다. I는 하루하루가 좋았다.

그 하루들 중 하루였다. 학생회관 식당에서 늦은 아침을 먹고 있는 I 앞에 명주가 와 섰다. 앉아도 돼? 명주가 물었고 I는 고개를 끄덕였다. 우유와 크림빵 하나를 들고 앉은 명주가 무국에 말은 밥을 떠먹는 I를 바라보다 말했다.

"참 단아해."

하마터면 I의 입안에 있던 밥이 밖으로 튀어나올 뻔했다. 네 글들 말이야. 글들이 단아하다고. 우연히 들른 학회실에서 책상에 놓인 I의 글들을 읽었다고 했다. 지난 1년간의 모둠일기를 모두 꺼내어 I 글만 찾아 읽었다고 명주가 말했다. I는 무어라 대답을 할지 고민했고 그러다 시간이 지났고 결국은 답을 하지 못했다. 크림빵을 다 먹은 명주는 자리에서 일어났고 다음에 또 보자는 말을 남기고 갔다.

명주는 약간은 허술해 보이는 듯한 행동들—이를 테면 강의실에 들어오다 강의실 문턱에 걸려 넘어지거나, 시험 시간을 잘못 알고 들어와 앉아 있다든지, 종종 백팩의 지퍼를 열고 돌아다녀 동기들이 장난삼아 휴지나 빈 종이컵을 넣어도 모른 채 깡총거리며 달린다든지—로 인해 간혹 화젯거리가 되는 동기였다. 나사가 하나 정도 빠진 것처럼 보이기도 했지만 명주는 비웃음이나 비아냥보다는 재밌다는 이야기, 유쾌하다는 이야기를 더 많이 듣는 아이였다. 그녀의 호탕한 웃음과 무슨 일이든 개의치 않는 시원한 대답들이 어우러진 탓이었다. 모두들 명주와 함께 있는 시간들을 즐거워했다. I 또한 다르지 않았다. 학생회관에서 만난 이후로 I는 명주와 이전보다 가까워진 느낌이 들었다. 복도를 지나치다 우연히 만나 인사를 하거나, 강의실에서 마주쳐 간단한 안부를 묻는 것은 이전과 같았지만 어감도 표정도 달랐다. 학회실 모둠일기에 글을 쓸 때도 최대한 단아하게 쓰기 위해 노력했다. 잘 읽었어, 역시, 하고 명주가 답글이라도 달아 놓는 날이면 I는 자신이 쓴 글을 읽고 또 읽었다.

  그해 초여름, 햇볕 쨍쨍 내리쬐는 안동에 가본 적 있니? 라고 명주가 물었다. I는 대답 없이 명주의 얼굴을 쳐다보았고, 명주는 I의 대답을 기다리지 않고 이어서 말했다. 우리 내일 안동 가자. 내가 도시락 싸 올게. 다음 날 둘은 기차를 타고 안동에 갔고, 버스를 갈아타고 햇볕 쨍쨍 내리쬐는 하회마을에 들렀다. 조용했다. 낮은 담을 양쪽으로 한 좁은 골목길에서 둘은 어깨를 스치며 걸었다. I는 명주의 손을 잡아볼까 잠깐 고민을 했지만 땀으로 젖은 손바닥을 명주에게 들키기 싫었다. 마을을 돌아 흐르는 강의 하얀 모래밭에 '명주와 I, 이십 세기가 끝나가는 더운 여름날 안동에 왔다 가다.'라는 글귀를 남겨둔 채 둘은 돌아왔다. 뒤풀이를 해야 한다고 명주가 고집을 부렸다. 이미 시간이 늦었다 말해야 했지만 I는 그렇게 말하지 않았다. 명주와 I가 들어간 곳은 I가 즐겨 들르던 호프집이었다. 여기 계란말이가 정말 푸짐해. I는 먼저 나온 생맥주잔을 명주의 잔에 가져다 대며 말했다. 명주는 그래? 하하핫, 하며 특유의 웃음을 보였다. 학과 이야기, 책 이야기, 안동에 다녀온 이야기를 했다. 동아리 이야기도 했다. 명주의 동아리는 봉사 동아리였다. 봉사라는 것이 말이야. 나는 그렇게 생각해. 아주 세련되거나 아주 지독한 자기애의 산물이 아닌가 하고. 물론 애초에 동기가 무엇이든 세상을 아름답게 만들고 살기 좋게 만드는, 누군가에게는 도움이 되는 일이지. 반대한다는 것은 아니야. 그냥 그 근원에는 자기애가 숨겨져 있다는 말이지. 누군가에게 알리지 않고 숨어서 하는 봉사도 마찬가지라고 생각해. 자기만족, 뭐 그런 것이 근원적인 욕구가 아닐까. I는 뭔가 심오한 것을 알고 있다는 듯 이야기했고, 명주는 고개를 끄덕이며 I의 이야기를 들었고 I는 명주의 눈이 반짝이는 것을 보았다. 이건 서비스. 마른안주를 가지고 나온 호프집 사장이 보기 참 좋다, 라는 말을 테이블 위에 남기고 돌아갔다. 그리고 둘은 잠시 아무 말도 하지 않았다. 먼저 침묵을 깬 것은 I였다.

"우리 사귈까?"

명주는 생맥주잔을 손가락으로 만지작거렸다. 차가운 생맥주잔 바깥에 맺힌 물방울이 손가락을 따라 움직이다 이내 무거워져 아래로 흘렀다. 달싹거리는 명주의 입술을 쳐다보던 I의 이마에서도 굵은 땀이 흘러내렸다. 명주가 입을 열었다. 하하핫, 너 긴장하는구나. 땀 좀 봐. 명주는 냅킨으로 I의 땀을 닦아주었다. 그리고 생맥주잔을 들어 I의 잔에 부딪히고는 맥주를 마셨다. 너와 나는 아닌 것 같아. 친구지. 좋은 친구.

"웃기네."

그날, 명주는 수박씨를 뱉어 내듯 말을 뱉었다. 그때 I는 고개를 숙여 무릎에 머리를 대고 누워있는 명주의 얼굴을 내려다보았다. I는 무엇이라 답을 해야 할지 고민을 했고, 고민을 하는 동안 시간이 제법 지나가 버렸고 어떤 답을 하든지 우습게 되어버렸다. 결국 I는 답을 하지 못했다. 한동안 둘은 그렇게 있었다. 지하철 끊긴다며 명주가 일어났고 둘은 영화가 계속 비춰지는 스크린을 둔 채 그냥 나왔다. 둘이 함께한 마지막 시간이었다.

 그해 가을 I는 휴학을 했다. 겨울에 입대를 했고, 제대를 하고 학교에 돌아왔을 때 명주는 학교에 없었다. I는 명주와 함께 갔던 DVD방을 찾아가 그해 가장 길었던 영화를 찾아달라 말했다. 주인은 알 수 없다는 말과 거기에 딱 맞는 표정을 지었다. I가 영화 속 한 장면을 주인에게 설명했다. 넓고 황량한 땅과 그 땅을 가로지르는 길과 그 길을 걷는 사내가 한 명 있어요. 그 사내는 지평선 끝까지 이어진 길 위에 돌아서 서 있는데, 사내가 가야 할 길을 가늠하는 것인지 지나온 길을 뒤돌아보는 것인지 정확하지는 않았어요. 아니에요. 지금 생각하니 그 사내가 서 있는 곳은 길의 끝이었던 것 같아요. 지나간 길을 뒤돌아보고 있었네요. 맞아요. 그랬어요.

느닷없는 마음

연은 무이네를 다녀온 뒤 인에게 헤어지자는, 느닷없는 통보를 했다. 인은 무척이나 당황했고 당황한 만큼 아무것도 하지 못했다. 심지어 왜? 라고 묻지도 못했다. 인이 할 수 있었던 것은 그래, 라는 짧은 답뿐이었다. 인은 자리로 돌아와 입고된 책을 확인하고 주문 일자와 주문자를 찾아 종이 가방에 나눠 담았다. 어휴, 인은 매대에 깔린 도서를 정리하다 깊은 숨을 내쉬었다. 인은 사다리에 기대서서 연에게 문자를 보냈다.

'왜?'

인과 연은 이 년 전 만났다. 지역에서 열린 도서축제에서였다. 해변을 주 무대로 한 축제였기 때문에 출판사나 책방들의 천막들이 해변을 따라 나란히 자리를 잡았고 인의 책방 또한 그들 틈에 끼었다. 축제 전날부터 바람이 세게 불었고 간간이 빗방울이 떨어졌다. 인은 천막 앞으로 차양을 길게 내고 매대 앞쪽의 책에 비닐을 씌웠다. 인의 목덜미에는 바람이 품은 소금기와 뭉친 땀이 끈적이듯 흘렀다. 아직 세상은 여름의 끝자락에 머무르고 있었다. 인은 천막의 뒤를 가릴까 잠깐 고민했지만 그나마 불어오는 바람을—소금기 가득한 바람이지만—막고 싶지 않았다. 다행히 천막 뒤로 들이치는 빗방울도 없었고 천막 뒤쪽에는 책을 진열하지 않을 예정이었다.

셋째 날이었다. 날씨 탓인지 이번 축제에는 예전보다 방문객이 적었다. 방문하는 이들도 가족 단위, 아이들 체험학습이나 기념품 구매 등이 목적인 사람들이 대부분이었다. 하지만 그 날 오후만은 젊은이들, 연인들이 제법 많이 몰려들었다. 메인 무대에서 열릴 예정인 초청 공연의 영향이었다. 공연 두세 시간 전부터 모여든 사람들로 행사장이 북적거렸고 줄지어 선 천막들을 둘러보며 책을 집었다 놓았다를 반복하다 개중 더러는 책을 사기도 했고 더러는 책을 배경으로 사진을 찍기만 했다. 인은 그들을 비난하거나 쫓지 않았다. 북적거리는 천막이 그저 좋았다. 그것도 잠시, 곧 공연이 시작된다는 알림에 모두 메인 무대로 몰려갔다. 인은 아무도 없는 천막에서 어질러진 책을 정리하다 뒤를 보았다. 마침 썰물이었고 수평선 너머 해가 넘어가고 있었다.

도서축제에 랩이라니. 인은 메인 무대 스피커를 통해 흘러나오는 알아듣기 힘든 랩을 견디며 천막 앞으로 고개를 빼 무대 쪽을 보았다. 번쩍이는 조명 아래 객석을 가득 메우고 넘쳐 서 있는 사람들을 보며 저 사람들이 다 어디서 왔지? 궁금해할 즈음, 문득 누군가가 자신을 보고 있다는 느낌이 들었다. 노란 물방울 원피스를 입은 단발머리였다. 공연을 안 보는 사람이 있네. 인은 고개를 살짝 숙였고, 이어서 안녕하세요, 책방 수북입니다, 큰 소리로 말했다. 단발머리는 멍하니 있다 곧 아, 안녕하세요, 하고 대답을 하고는 천막 안으로 들어왔다. 연이었다. 단발머리는 잠시 진열된 책을 만지작거리다 인을 향해 입을 열었다.

"전화번호 주세요."

"신기하지 않아? 내 이름이 인이고 자기 이름이 연이니. 이런 것을 두고 인연이라 하는 것 아닌가?"

"그건 신기하기는 하지만 진짜 인연일지는 아직 모르지. 이름으로 대충 때워 넘어가려고 하지 마."

"아니, 전화번호를 먼저 물어본 쪽은 자기잖아. 이제 와서 이러나?"

둘이 손을 맞잡던 날, 인이 물었다.

"그런데 나 어디가 좋아서 내 전화번호를 물은 거야?"

연은 아마도 노을 때문이었을 거라 대답했다. 노을? 인이 되물었고 연은 응 노을, 하고 대답했다.

"글쎄 천막들을 하나씩 둘러보며 지나치는데 자기가 보였지 뭐야. 그런데 그 순간 자기밖에 안 보이더라고. 그런 것 있잖아. 자기만 선명하게 들어오고 주위의 모든 것들이 흐릿해지는 그런 것. 갑자기 가슴이 두근거리고 막…. 느닷없이 자기를 갖고 싶은 마음이…. 정말 느닷없었다니까."

연은 아마도 노을이 자기 등 뒤에서 뿜어낸 빛들이 그러지 않았을까 싶다고, 그런데 노을을 등진다고 해서 모두 그렇게 되는 것은 아니지 않겠냐고, 아마 그 시각, 그 자리, 그 각도에 인이 서 있었던 것 이런 모든 조화가 만들어 낸 것이지 않겠냐고 말을 이었다.

"아무튼, 자기 번호를 얻어야겠다 마음먹었지. 그래서 물어본 것이고. 자기는 일 초의 망설임도 없더라. 누구든 아무나 번호 물어보면 다 줄 것 같던데? 그렇지? 자기는 내가 아니라도 번호를 줬을 거잖아."

둘은 느닷없는 입맞춤을 했고 연인이 되었다.

연은 지난달 친구 세 명과 베트남으로 여행을 갔다. 갑작스레 가게 된 여행이었다. 다 같이 있던 자리, 누군가의 생일 파티를 명목으로 모인 자리에서 친구 중 하나가 베트남에 사막이 있다 이야기했고 사막에 샘이 하나 있는데 요정의 샘이라고, 이름이 너무 예쁘지 않냐고, 그리고 사막에서 맞이하는 해넘이가 그렇게 멋지다 한다고 덧붙였다. 핸드폰으로 검색한 지명이 무이네라는 것을 또 다른 친구가 찾아냈고 모두들 무이네의 사막 사진에 와아, 하고 감탄을 하던 중 생일이었던 친구가 말했다.

"우리 가자. 무이네. 동네 이름도 이쁘네. 무이네."

호치민에서 판티엣으로 그리고 무이네로. 연과 친구들은 차량을 렌트해서 달렸다. 출발한 지 세 시간, 네 시간쯤 지났을까 무이네에 들어섰다. 무이네에서만 3박을 예정하고 있었기에 급하지도 않았고 웬만한 것은 모두 둘러볼 수 있을 것이라 생각했지만 연과 친구들은 티격태격했다. 두 명은 활동적인 일정을 가지기를 원했고 두 명은 조용한 시간을 가지고 싶었다. 연은 조용한 쪽이었다. 연은 무엇보다 지치지 않은 몸과 마음으로 해넘이를 보고 싶었다.

결국 둘째 날은 두 명씩 짝을 지어 따로 셋째 날은 다 같이 지내기로 일정을 짰다. 연과 친구가 찾은 곳은 사막이었다.

화이트 샌듄과 리틀 그랜드 캐니언, 요정의 샘을 걸으며 시간을 보내면서 연은 틈만 나면 시계를 보았다. 친구가 뭘 그리 보느냐 물었고 연은 해넘이를 놓치기 싫어서 그렇다고 대답했다. 모래썰매를 탔지만 몇 번 탄 후 둘은 기진맥진했다. 썰매를 타고 내려오는 것은 신나고 즐거운 일이었지만 썰매를 들고 모래 언덕을 오르는 것은 힘든 일이었다. 게다가 맑은 하늘과는 달리 바람은 거셌고 바람에 날리는 모래 알갱이들이 팔과 다리, 얼굴을 괴롭혔다. 연은 지친 상태로 해넘이를 보고 싶지 않았다. 연이 말했다. 그만 타자. 이제 그만 레드 샌듄으로 가야겠어.

모래언덕 너머로 해가 넘어가고 있었다. 붉은 물결 같은 모래무늬 뒤로 짧은 그림자가, 모래언덕 뒤로는 긴 그림자가 드리웠다. 그림자는 짙고 연한 어둠을 만들었고 그 위로 햇살은 막 떠오르는 해와 같이 밝고 붉게 빛났다. 연은 작은 모래언덕 기슭에 앉아 큰 모래언덕 너머로 넘어가는 해를 보았다. 해가 언덕 너머로 완전히 넘어갈 때까지 움직이지 않았다.

셋째 날 연은 모든 일정을 친구들에게 양보했다. 무엇이든 친구들이 하고 싶은 대로 다 하겠노라고. 단 한 가지, 한 번 더 해넘이를 볼 수 있게 해 달라 했다. 그날 저녁 연과 친구들은 해넘이를 보았다. 친구들이 이리저리 위치를 바꿔가며 사진을 찍은 동안 연은 전날 앉았던 그 자리에 가만히 앉아 해넘이를 보았다. 그들은 다음 날 돌아왔고 얼마 지나지 않아 연은 인에게 이제 그만 만나자는 느닷없는 통보를 했다.

 그날 사위가 어둑어둑해질 즈음, 연으로부터 답은 오지 않았고 인은 일찍 문을 닫았다. 당황스러운 마음은 여전했으나 연을 찾아 달려가야겠다는 생각은 들지 않았다. 연으로부터 답을 들은 후에, 그런 후에야 무엇을 할지 결정할 참이었다. 밖에 내놓았던 입간판을 책방 안으로 들여놓고 있을 때 연으로부터 답이 왔다.

 '그곳에 네가 없었어. 두 번을, 한참 동안 가만히 찾았는데 네가 보이지 않더라. 일부러 애쓰지는 않았어. 널 처음 본 그 순간처럼 네 모습이 그냥, 아무런 예고 없이 보였으면 했는데, 보이지 않더라고. 내 속에 네가 없는 거지. 네 잘못은 아니야. 그냥 느닷없는 거, 느닷없는 마음, 내 마음 때문이야. 원래 사랑이 그런 거잖아. 느닷없는 것. 우리도 느닷없이 시작했잖아. 끝내는 것도 느닷없자, 우리.'

소행성 L2001의 사멸

소행성 L2001이 사멸했다. '장렬히'와 같은 수식어를 붙이지 않은 이유는 사멸의 순간을 직접 보지 못했기 때문이다. 사멸 직후의 순간을 목격한 이의 증언에 따르더라도 그것의 사멸은 '장렬'하지 못했다. 목격자의 증언에 따르면 소행성 L2001은 잠시 꿈틀거리다, 꽈배기처럼 휜 경로를 보이다 스으 하고 으스러졌다고 한다.

 '생일 케이크에 불을 붙이고 난 후 불붙은 성냥을 어떻게 해? 후 불거나 흔들어서 불을 끄잖아. 그러고는 개수대의 수전 아래 흐르는 물에 갔다 대지. 그러면 피식 하고 짧은 소리가 나고. 그렇게 식어버리고 결국 으스러지고 마는 성냥, 성냥 머리 같았어.'
 누군가 이렇게 댓글을 달았는데 비교적 잘 들어맞는 표현이었다. 케이크가 놓인 테이블에서 수전까지 옮겨가는 동안 성냥에서 피어올랐을 연기 같은 것을 소행성 L2001도 뿜어내고 있었기 때문에 더더욱 그랬다. 그 연기 덕분에 소행성 L2001이 소행성이 아니라 혜성으로 분류되어야 한다는 의견이 제시되었고 또 그렇게 되어가던 중이었다.

연기가 아니었다면 소행성 L2001은 아텐 소행성군을 이루는 지름 백오십 킬로미터 정도의 중간 크기를 가진 중형의 소행성에 불과했을 것이다. 소행성 L2001은 특이한 점이 없는 다른 소행성처럼 천체물리학자나 동호인의 관심 대상이 아니었다. 보통은 과학자의 이름을 붙이는데 그저 알파벳 L을 붙이고 싶다는 최초 발견자의 의견을 소천체명명위원회가 이례적으로 받아들였다는 것만이 소행성 L2001이 가진 유일한 개성이었고, 실제 소행성들을 설명하는 책자나 안내서에도 소행성 L2001이라는 이름 뒤 다음의 한 문장만이 인쇄되어 있을 뿐이었다.

'최초 발견자의 의견을 받아들여 명명한 몇 안 되는 천체 중 하나'

소행성 L2001이 천체물리학자뿐만 아니라 동호인, 일반인의 관심을 받기 시작한 것은 연기 때문이었다. 삼 개월 전 아텐 소행성계를 살피던 동호인 한 명이 연기를 내는 소행성을 관측했다. 소행성이 연기를 만들고 연기가 다시 꼬리가 되는 것은 곧 소행성이 아니라 혜성으로 성격과 분류, 명칭이 바뀌는 것을 의미했기 때문에 동호인에게는 나름 의미가 큰 관측이었다. 동호인은 곧 학계에 사실 확인을 문의했고 소행성 L2001은 곧 천체물리학계에서 주목하는 천체가 되었다. 하지만 넓은 의미의 천체물리학계―동호인과 학계를 아우른―에 한해서였다. 동호인들에게는 당연히 의미가 있는 발견이며 자랑거리가 되고 학자들에게는 논문은 누가 쓸 것이며 교신저자는 누구로 할 것인지, 발견자를 논문 저자 중 한 명으로 넣어줄 것인지 등등 한바탕 소란 거리가 되겠지만 어린 왕자가 방문했던 소행성, 몇십 년마다 돌아온다는 혜성 정도 떠올리는 일반인에게 소행성이냐 혜성이냐 하는 것은 큰 의미가 없었다.

그러나 얼마 지나지 않아 소행성 L2001은 일반인에게도 의미가 있는 천체가 되었다. 한 독립 천체연구가가 중앙일간지에 보낸 메일 덕분이었다.

'제가 연구한 바에 따르면 지구와 가까이 있는 아텐 소행성계의 소행성이 혜성으로 성격을 바꾼 것은 전례가 없는 사건입니다. 이것은 단지 천체물리학적 발견의 문제가 아니며 지구, 지구인의 생존과 관련된 사항일 수 있습니다. 소행성 혹은 혜성 L2001이 태양과 지구 사이에 있을 때 연기의 꼬리는 지구를 향하게 됩니다. 꼬리는 가스와 이온으로 형성되는데 이들이 어떤 성분으로 이루어져 있는지 지구에 어떤 영향을 미칠지 알 수 없습니다. 또한 꼬리를 이루는 성분들은 처음에는 소행성을 이루던 물질이었기 때문에 소행성의 질량은 점차 감소하게 될 것이며 기존의 궤도 또한 바뀌게 될 것입니다. 언제 어느 위치에서 태양 혹은 지구 중력의 영향을 받아 어떤 궤도를 만들지 예측할 수 없습니다. 종국에는 어딘가에 부딪히게 될 것입니다. 그 어딘가가 지구라면 이는 엄청난 재앙이 될 것입니다.'

마침 그날 과학 전문기자는 모처럼 긴 휴가 중이었고 이를 대신하던 인턴 기자는 메일을 정리해 윗선으로 올렸다. 멋진 1면 기삿거리-속 시끄럽고 기상천외함에도 불구하고 독자들의 관심을 끌지 못하는 정치, 경제, 사회 기사들을 제치고 대중들의 관심을 불러일으킬 수 있는-를 찾던 데스크는 회심의 미소를 지었다. 다음날 헤드라인은 이랬다.

'악마의 연기와 함께 지구로 돌진하는 천체 발견, 소행성 L2001'

소행성 L2001은 시민 전체, 지구 전체가 바라보는 존재가 되었다. 다른 신문들과 언론들에서는 앞다투어 기사를 쏟아 냈다. 천체물리학계에서 다음과 같은 공식적인 입장을 내놓았다. 100% 확실하게 말할 수 있는 것은 아무것도 없다. 그러나 분명한 것은 꼬리의 성분이나 소행성이 지구에 위협이 될 확률은 높지 않다. 하지만 대중들이, 언론이 주목한 것은 '아무것도 없다.'는 것과 '높지 않다.'는 대목이었다. '확실한 것은 없다.'는 것은 모른다는 것이며 심지어 그럴 수도 있다는 뜻이 되었고 '높지 않다.'는 것은 가능성이 존재한다는 의미가 되었다. 미국의 NASA에서 공식적으로 '소행성 L2001이 지구와 충돌할 확률은 거의 없다.'고 선언했음에도 사람들은 '꼬리 가스의 위험성에 대한 언급이 없었다.'느니 '거의 없다는 것은 있다는 것이다.'고 하는 해설 기사를 찾아 읽고 '좋아요' 버튼을 눌렀고 '히말라야 산맥에서 발견된 비밀 기지'나 '퇴역한 우주 왕복선 수리 중'과 같은 콘텐츠를 공유했다.

소행성 L2001의 명칭도 바뀌었다. 사람들은 소행성 L2001에 대한 첫 기사 제목으로부터 딴 이름 '악마의 연기'로 소행성을 부르기 시작했다. 유해 물질은 거의 존재하지 않으며 지구에 영향을 주지 않는다는 전문가들의 말은 이제 어디서도 찾을 수 없었다.

그럼에도 사재기나 도피처를 찾기 위한 움직임은 크지 않았다. 고양이의 눈을 피해 고개를 숙이고 두 손을 모은 쥐처럼 가만히 있지도 않았다. 사람들은 일어나 출근을 하고 가족들과 마주 앉아 저녁을 먹었다. 밤이 되면 잠을 잤고 가끔은 술을 마셨다. 주말이면 어딘가로 몰려갔지만 초월자에게 무엇을 빈다든가 다 같이 저세상으로 가자 같은 말을 내뱉지는 않았다. '핵미사일을 쏘아 부숴버리자.', '그래서 뭐 어디로 도망가라고?', '하긴 망해도 싼 존재지, 인류는.' 같은 이름, 그와 유사한 이름을 건 독립 채널들과 SNS 영상들이 항상 검색 순위 상단에 위치해 있는 것과는 상반된 일상을 보며 사회학자들은 기이한 현상이라 평했고 이는 또한 연구의 대상, 기삿거리가 되었다. 어느 토론 프로그램에 출연한 사회학자는 '우주라는 거대한 스크린에서 벌어지는 3D 재난 영화를 보며 팝콘을 먹고 있는 관객'과 같은 인상을 받는다면서 제발 깨어나라고 그 소행성이 스크린을 뚫고 우리에게로 올 것이라며 울먹이기도 했다. 그 프로그램이 방영되던 시간 소행성 L2001은 태양과 지구가 늘어선 뒤쪽에 위치해 있었고 꼬리 또한 지구의 반대 방향을 향하고 있었다. 프로그램에 출연한 한 천문학자가 그 사실을 설명하며 '울지 말라, 그런 일은 일어나지 않는다. 그리고 소행성 L2001은 처음부터 가스 꼬리를 가진 혜성이었을지도 모른다는 최근의 연구 결과가 있다. 원래부터 그랬던 것인데 이제와 호들갑을 떠는 것 같다. 그저 아름다운 우주의 신비 정도일 수도 있다.'고 말했지만 울먹이는 사회학자로부터 소행성은 돌고 도는 것인데 그게 무슨 의미가 있느냐. 천문학자가 그것도 모르느냐. 제발 먼 곳에서 일어나는 가십거리처럼 여기지 말아 달라는 핀잔과 충고를 들었다. 소행성 L2001이라 부르지 말라, 악마의 연기라 부르라. 사회학자가 덧붙여 말했고 '그저 소행성에 연기가 생겼다고, 아니면 원래부터 있던 혜성의 가스 꼬리일 뿐인데 악마니 뭐니 이름을 붙이는 것은 억지가 아닌가? 무슨 성분인지, 우리에게 나쁜 영향을 주는 것인지 알지도 못하는데, 가만있는 소행성이 무슨 죄인가?'라 항변하는 천문학자를 사회자가 말리면서 토론은 끝났다.

이 개월 정도 시간이 지나자 다른 사건들, 이야기들이 악마의 연기에 대한 이야기를 눌렀고 악마의 연기는 관심 순위의 아랫단으로 내려왔지만 사람들은 소행성 L2001이라는 이름을 돌려주지는 않았다.

삼 개월이 지난 십이 월 이십칠 일 악마의 연기, 소행성 L2001은 돌연 사멸했다. 애초에 지구를 향해 돌진하지도 않앉고 그러겠다는 의지도 없었던, 실제 연기, 꼬리에 유해 성분이 있었는지 그 누구도 알지 못했던 소행성 L2001은 불꽃 하나 없이, 우주를 울리는 굉음 하나 없이 사멸했다. 누군가는 고온의 연기에 둘러싸여 스스로 증발해버린 것이라 말하기도 했고 또 누군가는 악마의 연기가 소멸되기를 기원했던 전 인류의 손가락질이 이루어낸 쾌거라 말하기도 했다.

이틀 뒤에 뵙겠습니다

탄수화물과 염분의 문제다. 입술을 혀로 적시고, 정수기에서 물을 받아 마셔도 해결되지 않는 초조함은 단순히 배가 고픈 것과는 다른 것이다. 전일 저녁 먹다 남겨놓은 사과 한 쪽을 집어 먹거나, 지난주에 선물 받고는 아직 개봉하지 않았던 호주산 다크 초콜릿을 입에 넣는 것으로는 해결되지 않는다. 냉동실의 식빵을 떠올렸지만 마음은 이미 라면으로 향해 있다. 가능한 빵이나 라면, 국수 등 탄수화물 섭취는 줄이시고 단백질 섭취를 늘리세요. 짜게 드시지 마시고. 아파트 같은 동 옆집에 살고 있는 의사가 출근길 승강기 안에서 말해준 기계적인 답변이 떠올랐지만 어차피 안다고, 들었다고 다 지킬 수 있는 것은 아니다. 게다가 지난번 마트에서 마주쳤을 때 그 원장의 장바구니에는 라면이 들어있었다. 지금 내 속엔 '뭐 어때?' 하는 마음이 더 크다. 그럼에도 선뜻 라면

봉지에 손이 가지 않는 것은 최근 들어 잦아진 속 쓰림 때문이다. 지금 라면을 먹으면 얼마 지나지 않아 속이 더부룩해지고 명치 부위가 타들어 가듯 아려올 것이 분명하다. 입이 원하는 것과 속이 거부하는 것 사이. 나의 선택은 라면이다. 입이 원하는 것은 지금의 일이고, 속이 거부하는 것은 이후의 일이다.

라면에 만두까지 넣어 끓여 먹는다. 이제는 냉장고 문을 열고 닫던 손길을 멈출 수 있다. 그러고는 부푼 배를 감싸 안고서 내가 왜 그랬을까? 하는 후회의 한숨을 내쉴 것이다. 나의 휴가 셋째 날 아침은 라면으로 시작되고 티브이로 이어진다.

보험 광고는 시간을 가리지 않는다. 늦은 저녁이나 새벽 시간에 주로 보이던 것들이 요즘은 아침나절에도 보인다. 예전에도 이랬을지도 모른다. 내 눈에 이제야 들어오기 시작한 것일지도. 팔십이 뭡니까, 백 세를 준비해야죠. 홈쇼핑 보험 판매 호스트의 말에 그렇지, 하다가도 나와는 상관없는 일이지, 하며 채널을 돌리다 언젠가부터 나는 그의 말이 끝날 때까지 채널을 고정한 채 티브이 앞에 앉아 있다. 가입해둔 보험들이 내게 무엇을 해줄 수 있는지 궁금하지만, 그렇다고 보험증서를 꺼내어 살펴보지는 않는다. 나에게는 별 의미가 없다. 어차피 이 세상 사람이 아닌 뒤에야 살펴볼 것들이다. 보험에 가입할 무렵, 그러니까 친구나 옛 동료들이 약속이나 한 듯 보험회사에 다니던 때에는 요즘과는 달리 사망 이후에 대한 것이 주된 관심사였다. 무엇보다도 그들, 친구들이나 옛 동료들에게 십시일반, 상부상조하듯 보험 가입을 하던 시기였다. 물론 그들은 자세히, 그리고 최선을 다해서 설명했지만, 애초에 나는 내용에 관심이 없었다. 말이라도 잘 들어 둘 걸. 후회되지만 그렇다고 지금 보험증서를 꺼내어 깨알 같은 글씨로 쓰인 조건들을 살펴볼 생각은 하지 않는다. 다음에 한번에 몰아서 살펴봐야지, 다짐을 반복하는 정도. 어떻게 죽어야 보험금이 잘 나올지를 살피기에는 아직 젊다. 잘 살펴야 하는 사람은 내가 아니다. 아내나 아이들이다. 그들 삶의 문제이니까. 그들이 살펴야 할 것들은 또 있다. 마침, 상조회사의 선전들이 이어진다. 주로 노인들의 시청시간—오전이나 늦은 밤—에 맞추어진 이유를 잘 모르겠다. 상조회사가 대신해줄 일은 노인들의 문제가 아니지 않나. 노인들의 자식들의 문제이지. 사후에 벌어질 일에 대해서 책임을 다하고 가라는 뜻일까?

  채널을 돌린다. 이번에도 보험이다. 지겹지만 그럼에도 치매나 뇌졸중 등을 다루는 보험 상품이나 암의 진단과 치료에 대한 보험, 그리고 실손 보험에는 눈길이 간다. 그것들은 입을 맞춘 듯 묻는다. 요즘 세상에 암이 대숩니까? 발달한 치료법으로 치료할 수 있지요. 하지만 늘어난 치료법은 어쩌시려고요? 가족들은요? 어쩌면 벌써 관심을 가졌어야 하는 일이었을 지도. 하지만 지금까지 한 번도 병원 신세를 져 본 적이 없는 나는 아쉬운 적이 없었다. 그랬던 내가 이들 보험에 관심을 가지기 시작한 것은 순전히 일주일간의 휴가 덕분이다. 어떻게든 연차휴가를 모두 사용하라는 회사 방침 덕분에 모처럼 쉴 수 있는 시간이 생겼다. 그러나 혼자만의 휴가일 뿐. 가족들이 다 같이 쉴 수 있는 시간이 아니다. 혼자라도 어디든 다녀오세요. 말들은 하지만, 나는 지금까지 혼자서 여행을 다닌 적도 없고 그런 여행을 상상해 본 적도 없다.

나의 선택은 '집에서'다. 늦은 아침 일어나 모두 나간 텅 빈 집에서 빈둥거리다 친구들이 직장에서 돌아올 즈음 약속해 둔 장소에서 친구들을 만나 소주잔을 기울이는 것. 만나기 힘들었던 사람들을 만나는 것에 의미를 두기로 했지만, 절대적인 시간을 보내는 것은 집이다. 그 시간을 티브이와 함께한다. 긴 시간 나와 함께해주는 것은 보험 광고만이 아니다. 내 건강을 걱정해주는 프로그램 또한 너무나도 많다. 시간대만 잘 조절한다면 하루 종일 건강에 대한 이야기를 들을 수 있다. 이제 겨우 휴가가 삼 일 지났음에도 전문가부터 연예인 패널까지, 질병으로부터 회복하고 살아 돌아온 이들의 수기가 곁들여져 쏟아지는 건강 정보는 내가 평생 들었던 건강에 관한 정보를 넘어선다. 당신의 혈관은 어떠십니까? 가끔 온몸에 힘이 빠지듯 어지럽거나 시야가 흐려지지는 않습니까? 예전에는 분명히 기억하고 있었는데 지금은 기억나지 않는 이름들은 없으십니까? 티브이 앞에서 나는 애써 기억하지 않았던 일들을 떠올리거나, 침침해지는 눈이 눈의 문제가 아닐 수도 있다고 생각하거나, 가끔 뻐근해 오던 목 뒷덜미를 만지며 내 혈관 속을 상상하는 것이다.

고무관 같은 갈색의 벽을 가진 혈관이다. 혈액의 붉은 파도를 타고 놀던 노란색 튜브, 콜레스테롤들의 수가 점점 많아진다. 갈색의 벽에 들러붙고 서로를 붙잡아 혈관을 막기 시작한다. 이윽고 혈관은 막혀버리고 앞으로 나아가지 못한 혈액들과 뒤에서 밀고 들어오는 혈액들이 서로 뒤엉켜 아우성을 지른다. 그러다 제풀에 쓰러져 혈전이 되거나 부풀어 오른 혈관의 약한 곳을 뚫고 쏟아져 나간다. 운이 좋아 혈관이 터지지 않아도, 혈전으로 막힌 혈관 뒤쪽으로는 말라버린 저수지 바닥처럼 하얗게 변한 뇌 세포들이 살려 달라 아우성을 지르다 쓰러진다. 깜짝 놀라서 정신을 차린다.

"에이씨."

채널을 돌린다. 다음 채널에서는 허리가 아프지는 않은지, 오른쪽 발가락 끝에 찌릿한 전기가 오지는 않는지 묻고 있다. 이 프로그램이 끝나면 보험 광고가 나올 것이다. 보험 광고가 끝나고 나면 상조 광고가. 상조 광고 이후에는 간간이 난민이나 불쌍한 아이들을 도와주자는 캠페인 광고가 이어진다.

잘 짜인 이야기다. 당신은 건강한가? 자신 있는가? 감당할 수 있는가? 보험에 가입하라. 그럼에도 결국은 죽을 것이니 사후를 준비하라. 충고에 충실했다면 이제 착한 일을 하라. 마음의 평안을 얻어라.

첫날은 불편했고, 둘째 날은 기억할 수 있었고, 셋째 날인 오늘, 지금 나는 1588로 시작되는 전화번호를 누르고 있다. 해당 지역 담당 설계사가 전화를 할 것입니다. 곧 전화벨이 울린다. 설계사다. 그에게는 익숙한 만남이다. 보험에 가입을 하지 않는다면 닥쳐올 불행에 속수무책으로 맞서야 할 것입니다. '만일'이 아니다. 무겁고 섬뜩한 예언이었다. 보험 계약서에 서명하는 순간 평안한 마음을 얻을 것이고, 무슨 일이 생기더라도 큰 문제 없이 감당할 수 있을 것 같은 자신감으로 충만해질 것이다. 그는 나를 사장님으로 만든다. 이틀 후 휴가가 끝나기 전에 그와 만나기로 약속을 한다. 이게 뭐

하는 짓이람. 후회하는 마음이 약간은 들지만 그래도 이제는 챙길 나이가 되었다. 스스로 다독인다.

"사장님, 최근에 건강검진에서 이상한 결과라든가, 병명이 있는 질환을 진단받았다던가 하신 적은 없으시지요?"

"아, 병원에 가본 적이 없어서."

사실이 그렇다. 감기 정도로 병원에 가지는 않는다. 검진을 받으라, 직장 담당 부서가 몇 번 재촉을 하기는 하지만, 잠깐의 재촉일 뿐 그 시간에 일하고 있는 나를 비난하거나 압박을 주지는 않는다. 나는 아픈 적이 없었나? 어딘가 아팠던 것 같기도 하다. 왼쪽 어깨가 결린 적 있었고 엉덩이 위쪽 허리가 묵직하기도 했다. 소화가 안 되고 헛배가 불러와 하루 종일 굶어 본 적도 있다. 체중도 좀 주는 것 같고. 병원에 가야 하나? 아니지. 병원 내원 기록이 있으면 보험 가입이 거절되기도 한다는 말을 들은 것 같다. 그래, 보험 가입을 먼저 하고. 그리고 병원에 가 봐야겠다. 보람찬 휴가.

"그래요? 그런 분은 잘 없으신데. 사장님 연배면 보통은 적어도 한두 번은 병원에서 검진을 받으시는데. 하여튼 병원 내원 기록이 없는 게 문제가 되는 것은 아닙니다. 그러면 이틀 뒤에 뵙겠습니다."

그렇게 왕 지렁이가 되었다

구릉과 계곡의 휘어진 길을 벗어나자 시야가 탁 트였다. 맑은 날이면 수평선이 보인다 했는데. 흐린 하늘이 이어져 끝을 가늠할 수 없었다. 저기쯤이겠지. 무채색 건물들의 낮은 지붕 너머 흐린 하늘을 보며 생각했다. 건물과 버스 사이 중간 즈음 짙은 회색 구름 덩어리가 보였다. 저 아래는 비가 오고 있으려나.

 얼마 지나지 않아 차창으로 빗방울이 부딪혔다. 한동안 차창을 비스듬히 가로지르던 빗물이 아래로 방향을 틀었고 우리는 버스에서 내렸다. 막 베어낸 보리 짚단이 여기저기 쌓여 있는 밭을 옆으로 두고 섰다.

"비가 오네."

 용대가 우산 속으로 머리를 집어넣었다.

"우산 챙겨 나오라고 했잖아. 내가."

용대는 한번 내 얼굴을 쳐다보더니 손으로 횡단보도를 가리켰다. 우산대를 잡아끄는 용대를 따라 걸었다.
"비가 안 올 줄 알았지. 그리고 준비성 좋은 네가 있잖아."
용대는 씩 웃었다.
"하긴 비가 온 건 아니지. 우리가 들어간 거지."
"뭐라고?"
"아니다. 저기다. 가자."

분명 용이었다.
취침 옵션, 세 시간으로 해두고 잠이 들었는데 에어컨이 꺼지자 땀이 흘렀고 몸이 찌뿌둥해진 탓에 나는 일어나 앉았다. 베개 위에 덮어두었던 수건을 들어 이마와 목덜미를 닦았다. 에어컨을 다시 켜야겠다, 마음먹은 나는 더듬어 리모컨을 쥐었지만 어두운 탓에 버튼이 잘 보이지 않았다. 불을 켤까? 생각했지만 아내가 마음에 걸렸다. 아내는 중간에 잠이 깨는 것을 무척 싫어한다. 할 수 없이 핸드폰의 배경 화면 빛으로 어찌 해보려던 그때, 큰길 쪽으로 난 커튼으로 그림자가 비쳤다.
굵고 긴, 나선으로 꿈틀거리는 무엇. 창의 너비로는 감당할 수 없는 무엇이었다. 그리고 곧, 침대 머리맡 커튼에도 그림자가 나타났다. 명확하게 뿔인지는 알 수 없으나—그림자였으니까-, 크고 뾰족한, 위로 솟구친 두 개의 무엇과 그것들 앞으로 길게 내민 주둥이-그림자였지만 직감적으로 무언가의 주둥이라는 것을 알 수 있었다.-가 커튼 밖에서 아래위로, 좌우로 흔들렸다. 나는 아무것도 하지 못했다. 핸드폰과 리모컨을 양손에 쥔 채 침대 모서리에 걸터앉아 두 개의 그림자를 볼 뿐이었다. 머리에서부터 이마를 거쳐 뺨으로 흘러내리던 땀방울도 제자리에 멈춘 듯했다. 숨도 쉬지 못하고, 오직 심장만이 거칠게 뛰었다. 멍했다. 눈썹 위에 멈췄던 땀방울이 제 무게를 못 이기고 아래로 내려왔다. 땀이 눈 속으로 들어오고 나서야 정신이 들었다. 휴, 어설프게 숨을 내쉰 나는 창가로 다가갔다.

바깥을 살피려 커튼을 잡으려던 순간, 그것이 움직였다. 부드럽게 그리고 우아하게 회전하며 앞으로 나아갔다. 나는 다시 멈칫했고 그것은 큰길로 난 창에서 침대 머리맡의 창을 거쳐 사라졌다. 그것이 사라지고 난 뒤 커튼 틈으로 본 바깥에는 아무것도 없었다. 가로등 불빛이 환했고 하늘은 검었다. 여전히 깊은 밤이었다.

그것이 무엇이었는지 상상하다, 아내를 깨울지 말지 고민하다, 다시 잠을 자야 할지 어떨지 망설이던 중이었다. 그림자가 다시 나타났고 한동안 창밖에 머물다 움직였고 사라졌다. 그러기를 두 번, 그것은 세 번 우리 집을 휘돌고 갔다. 세 번째 돌아나갔을 때 나는 그것이 용이라 확신했다. 이후의 일은 기억나지 않는다. 에어컨을 다시 켠 것 같기도 하고 베개의 수건을 갈은 것 같기도 하고 그냥 잠이 든 것 같기도 하고.

출근 준비할 시간 아니냐며 아내가 몸을 흔들었을 때 나는 놀란 듯 허억, 소리를 지르며 잠에서 깨었다. 그리고 아내에게 말하려 했다. 지난밤 우리 집에 용이 왔었어. 하지만 그렇게 말하지 않았다. 이렇게 말했다.

있잖아. 어젯밤에, 새벽에 말이야. 그러니까….

정리를 해서 깔끔하게 이야기해야겠다, 잠시 뜸을 들이던 중이었다.

새벽에 뭐? 새벽에 일어나서 핸드폰 좀 보지 말라고. 그러니까 잠을 설치는 거잖아. 아휴. 애나 어른이나. 나 바빠. 애들 밥 차려야 해.

아내는 방을 나갔고 나는 열린 방문을 바라보기만 했다.

마주 보고 선 탑을 차례로 둘러보았다. 천 년을 마주 보았을 그들이었다. 백 년마다 한 마디씩 나누었을까? 아니면 천 년 동안 서로 바라보기만 했을까? 이상한 상상을 했다. 우리는 벤치에 앉으려다 바지가 젖을 듯해 그냥 서서 대종천 물이 흘러가는 것을 보았다. 짙은 회색 구름은 물길을 따라 바다로 움직였고 얼마 지나지 않아 비가 그쳤다.

"용이 돌아가는 모양이네."

용대가 무슨 말이냐며 물었고 나는 지난밤 용에 대해 말해주었다.

"그러니까 꿈에 용이 나온 것하고 여기하고 무슨 관곈데?"

지난밤의 일을 용대에게 말한 직후였다. 용대는 주저하지 않고 꿈이라 했다.

"꿈이 아니라니까."

"꿈이 아니면? 그 말을 믿으라고? 그리고 나는 왜 데려온 거냐? 내 이름이 용대라서?"

"저기 저쪽 바닷가에 문무대왕 수중릉이 있잖아. 동해를 지키기 위해 용이 되었다고 하잖아. 그 용이 이곳 감은사 아래까지 왔다 갔다 했다지, 아마. 지금 보이는 저 대종천을 거슬러 올라왔다 돌아가고는 했다네. 간밤에 용이 우리 집을 세 번 돌고 사라지는데 이상하게 문무대왕이 생각나더라고."

용꿈을 꾸었는데 로또를 사야지, 수중릉을 찾아오는 것이 정상이냐, 로또를 사고 당첨이 되어서 친구에게 크게 한 몫 떼어주는 게 정상인 것 아니냐며 용대는 비아냥거리다 투덜대기를 반복했다.

"정상이 아니지. 그런데 와보고 싶더라니까. 로또야 돌아가는 길에 사면 되는 거고. 근데 웃기지 않냐? 그 시절 사람들은 용, 하면 나라와 백성을 지키고 비를 내리고 또 뭐냐 나쁜 놈들을 벌주고, 뭐 그런 생각을 했는데 말이야. 우리는 용, 하면 로또부터 생각하지. 재밌네, 재밌다니까. 암튼 이제 내려가자. 여긴 다 보았으니. 대왕님 뵈러 가야지. 어젯밤에 우리 집에 왜 오셨는지 물어도 보고."

수중릉으로 가는 동안 용대는 자기 이름이 용대라서 같이 가자 한 것이냐 다시 물었고 나는 그런 점이 조금은 영향을 준 것 같다고 대답했다.

바다에 다다른 회색 구름은 이내 흩어졌다. 흐린 하늘이었지만 비는 내리지 않았다. 사장(沙場)에서 바다로 뻗어나간 수중릉 돌무더기 위로 갈매기들이 앉아 쉬고 있었다. 온 김에 사진 한 장 찍어주겠다며 용대는 나를 세워두고 몇 걸음 물러났다. 핸드폰으로 사진을 찍으려던 용대가 갑자기 웃었다.

"왜?"

"이게, 화면으로 보니까, 꼭 주먹감자 같단 말이지. 저쪽 건너편 섬나라를 보며 내민 주먹감자."

"그러네, 맞네. 딱 주먹감자네."

우리는 오래 있지 못했다. 근무시간 내 사무실로 복귀해야 했다. 거래처에 다녀온다며 사무실에서 나왔고 거래처 주차장에 차를 두고 왔었다. 나는 거래처로 가는 내내 주먹감자를 내밀고 있는 용의 모습을 상상하며 픽픽 웃었다. 거래처에 다녀온다 했으니 무엇이라도 해야 했다. 담당자를 만나 이미 합의했던 사항과 지나간 업무에 대해 대화를 나눴다. 담당자는 우리가 방문한 이유를 궁금해하는 눈치였지만 우리는 소소한 안부를 묻고 날씨 이야기를 하다 돌아왔다.

직장으로 복귀하는 차 안에서 용대가 물었다.

"그래서 수중릉에 가니 용이 무슨 계시를 주더냐?"

나는 대답할 거리가 없었다. 간밤의 흥분, 수중릉까지 찾아가며 가졌던 기대는 어느새 사라지고 지난밤의 용이 사실이었는지에 대해서도 확신이 들지 않았다. 어설픈 잠 속의 꿈이었을 수도 있겠다는 생각마저 들었다.

"모르겠다. 그게 용이었는지, 이무기였는지, 왕 지렁이였는지."

"네가 너무 거창한 생각을 하니 그렇지. 자, 받아라, 오백 원. 여기 둘게. 그리고 저기 저 앞에 편의점에 좀 세워라. 살 게 있다."

용대가 오백 원짜리 동전을 컵 홀더에 넣으며 말했다.

"이게 뭔데?"

"일단 세우라니까."

나는 차를 세웠고 용대는 급하게 문을 연 뒤 차에서 내리며 말했다.

"그 꿈 내가 샀다. 복권 사러 간다. 당첨되면 좀 줄게."

순신

맥주캔을 꺼내 뚜껑을 따고 한 모금 마신 그녀가 이번에는 찻장을 열었다.

"자, 이거."

영양제다. 25가지 비타민과 미네랄의 과학적 처방이라는 문구가 새겨진, '어드밴스'라는 단어가 덧붙여진 영양제. 살구색 영양제 한 알은 25가지의 비타민과 미네랄의 단순한 복합체가 아니다. 이것은 격려와 칭찬이다. 그녀가 순신에게 영양제를 챙겨주는 날은 순신이 하는 짓이 그녀의 마음에 든 날이다. 마음에 들지 않으면 영양제는 없다. 처음에는 그녀가 영양제를 주지 않는 날이면 오늘은 왜 영양제를 안 주느냐고 물어보기도 했다. 하지만 언젠가부터, 그녀가 영양제를 주지 않는 날이면 순신은 자신이 무엇을 잘못했는지, 해야 할 일을 안 한 것이 있는지 먼저 생각하고 반성하기 시작했다. 영양제는 순신에게 평화와 안도의 상징이다. 긍정과 부정의 되먹임 기전의 매개다. 예외적으로 영양제를 주는 경우가 있다. 그녀가 순신에게 최후의 부탁을 하는 경우다. 이번에도 하지 않는다면 내일은 없다.

순신의 손바닥에 영양제를 올려놓으며 그녀가 말했다.

"내일 별일 없으면 아이들 데리고 가서 매미를 잡아줘. 아니면 잡는 시늉이라도 해. 애들이 매미 잡고 싶다고 말한 게 언제야? 저번 주부터 매미, 매미 노래를 부르고 다니는데 어째 그렇게 꼼짝을 안 해? 부탁이야."

그를 처음 만났을 때, 미경은 이미 몇 번의 선과 연애를 해본 뒤였다. 학창 시절 몇몇 연애를 제외한다면 그녀가 만났던 남자들은 제법 그럴싸한 남자들이었다. 그들은 번듯한 직장이 있었거나, 집안의 재산이 대단하거나, 둘 다였다. 그럼에도 미경이 그들 중 하나와 결혼을 하지 않은 것은 굳이 그들에게 기댈 이유가 없어서였다. 이미 많은 것을 갖춘 그들에게 미경은 갖추어야 할 또 하나의 무언가에 불과할 것이라 생각했다. '부인은?' 이라는 질문에 '네, 약사인데, 집에서 쉬고 있어요. 굳이 와이프까지 밖에서 일을 하도록 하고 싶지는 않았거든요.'라고 대답하며, '멋져요.'라는 반응을 기다리는 그들의 허영에 보탬이 되고 싶지는 않았다.

그는 달랐다. 어렴풋이 속이 비쳐 보이는 번데기 같았다. 껍데기 속 뭔가 계속해서 움직이고 있었다. 미경은 그를 만날 때마다 껍데기 속에 있는 것이 무엇인지 궁금했다. 어떤 때는 찰랑거리는 동전 소리가 들리는 것 같기도 했고, 어떤 날은 호령하듯, 가다듬듯 '아, 아하고 마이크 테스트를 하는 소리가 들리기도 했다. 그와 일곱 번째 만나던 날 미경은 카페의 조명에 비친 껍데기 속에서 날개 같은 것을 보았다. 형광의 푸른색. 곧 껍질을 찢고 튀어나와 하늘로 날아가 버릴 것 같은. 어릴 적 언젠가 보았던 청띠제비나비의 날개.

"미경 씨, 나는 말이지요. 하고 싶은 일이 너무 많아요. 글도 쓰고 싶고요, 기회가 된다면 아이들을 가르치는 일도 좋을 것 같아요. 나무와 꽃을 기르는 일도 해야겠어요. 물론 돈도 많이 벌어야겠지요. 어떤 일이든 열심히 하다 보면 돈을 벌 수 있는 기회가 오지 않겠어요? 인생이 길지 않으니 그중 어느 하나만 정해서 깊이 파고 들어가라고 다들 이야기하는데, 나는 생각이 달라요. 길지 않은 인생에 할 수 있는 한 많은 것들을 해보고 싶어요. 능력만 된다면. 함께."

'능력만 된다면'이라는 전제에 신경을 써야 했는데. '미경 씨랑 함께'라는 말에 가슴이 흔들렸다. 청띠제비나비의 날개를 붙잡아 곁에 두고 싶었다.

번데기에서 나오면 나비가 될 줄 알았는데, 매미였던 건가. 아니면 아직 번데기 속에 있는 걸까. 영양제를 받아먹고는 콧노래를 흥얼거리며 식기를 정리하는 그를 보며 미경은 생각했다.

영양제는 정확히 오 년 전 등장했다. 그해 순신은 회사를 그만뒀다. 순신은 작은 책방을 열고 싶었다.

"정치와 철학, 예술에 관한 책들만 취급하는 책방. 아이들 문제집이나 입시 혹은 수험서들, 처세에 관한 책, 사전 등은 취급하지 않는 '말 그대로' 책방을 가지고 싶었다. 한편에는 작은 강의실을 두고 매주 작은 강의를 열거야. 벽에는 스크린을 달아놓고 매일 저녁 혹은 정해진 시간마다 영화나 다큐멘터리를 상영하고 싶어. 언제부터 언제까지는 찰리 채플린 주간입니다. 이렇게 미리 공지하는 거지. EBS 다큐 프라임 중에서 좋은 것들을 다시 틀어줄 수도 있지 않을까? 그러면 사람들이 그 시간에 맞춰서, 비슷한 성향을 지닌 사람들끼리 모여드는 거지."

순신이 미경에게 말했을 때, 사업 자금은 충분한지, 퇴직금으로 가능한 것인지, 운영비는 어떻게 할 것인지 미경이 물었고 순신은 대답하지 못했다.

"자기 보고 다시 직장으로 돌아가라고 하지 않을게. 이유가 있겠지. 이미 벌어진 일이기도 하고. 돈 벌어오라고 말하지도 않을게. 내가 벌고 있으니 그 정도면 우리 가족이 사는데, 풍족하지는 않아도 큰 문제는 없을 거야. 대신 앞으로 무엇을 할지에 대해 구체적이고 현실적인 계획을 세웠으면 좋겠어. 되도록 빨리 말해줘. 가능하면 문서로."

다음 날 저녁, 자기 전 미경은 순신에게 영양제 한 알을 건넸다.

"뭐야?"

"영양제."

"무슨 뜻이냐고?"

"뜻은 무슨 뜻. 이제 우리도 몸을 챙기면서 살아야 할 것 같아서 퇴근할 때 하나 가지고 나왔어. 사람들은 열심히 사 먹는데, 나는 정작 약사인데도 영양제 한 알도 못 먹고 있네 싶어서 들고 나왔지. 하루 한 알씩 챙겨 먹자."

이후로 오 년이 지났고, 순신은 아직 계획서를 제출하지 못했다. 미경은 재촉하지 않았고, 순신은 전업주부 역할을 맡았다. 순신은 전업주부의 역할을 한다는 것이 쉬운 일이 아니라는 것을 알게 되었고, 미경 또한 순신이 많지 않은 월급을 벌기 위해 직장에 다니는 것 대신 집에서 아이들을 보살피며 집안일을 해주는 것이 나쁘지 않았다. 모르는 사람을 쓰는 것보다 훨씬 낫지 않나? 하는 생각도 했다.

오전 열 시 아이 둘을 데리고 순신은 아파트 뒤 소운동장으로 향했다. 더 더워지기 전에 빨리 잡고 돌아와야 했다. 느티나무, 감나무, 벚나무들이 둘러있는 소운동장 사방에서 '메엠맴' 소리가 들려왔다. 아이들과 실눈을 하고 소리가 나는 곳을 올려보며 매미를 찾았다.

"저기요, 저쪽 매미 소리가 제일 커요."

제법 밑동이 굵은 감나무를 가리키며 아이들이 달려갔다. 순신은 느린 걸음으로 따라가 나무 아래에 섰다. 아이들은 감나무 잎 사이로 내리는 햇빛에 눈부셔하면서도 매미를 찾아 감나무를 빙빙 돌았다. 순신은 아이들을 따라 나무를 올려보다 눈이 부셔 아래로 고개를 돌렸다.

땅이다. 저 흙 아래에서 매미의 애벌레는 칠 년을 기다렸을 것이다. 긴 세월을 기다리다 땅속에서 나왔겠지. 망설임 없이 나무를 타고 올라갔겠지. 드디어 짝을 만나고, 길어야 이 주 남짓한 생의 황금기를 보내고 있을 텐데.

"아빠, 찾았어요. 저기, 저기 있어요."

잠시 아래를 보고 있는 사이에 큰 아이가 매미를 찾아냈다. 아래에서 이점오 미터 정도 높이의 감나무에 바짝 붙어 있었다.

"빨리요. 아빠. 날아가기 전에 빨리 잡아요."

그러고 보니 매미가 나는 것을 본 적이 없었다. 저 녀석들은 날 수 있기는 하는 걸까. 날개는 멋으로 혹은 날 수 있다는 착각을 하게 해놓고, 사실은 나무에 기어올라 바짝 붙은 채 그저 소리만, 소리만 우렁차게 울어대는 것은 아닐까.

감나무는 두 팔로 감싸 안을 수 있을 정도였다. 두 팔과 두 다리로 나무를 감싸 안았다. 아기가 배밀이를 하듯 팔로 한 번 당겨 오르고 다리로 한 번 밀어서 오르고, 이렇게 반복하면서 나무를 올랐다. 쉽지 않았다. 해 본 적 없었으니. 아이들은 '아빠, 빨리요.'를 재촉했지만 좀처럼 속도가 나지 않았다. 많이 올라가지도 못했다. 내가 무슨 매미도 아니고 이게 뭐람. 이럴 줄 알았으면 긴팔 옷을 입고 오는 건데, 바지마저 반바지에 이게, 이게 뭐야. 팔과 다리에 묻은 땀이 더 힘들게 만들었고 아팠다. 지면에서 이 미터 정도 올라갔을까. 나무 아래에서 소리가 들려왔다.

"나무에 올라가서 뭐 하는 겁니까?"

경비 아저씨였다.

"매미 잡으려고요."

작은 아이가 대답했다.

"매미를 잡는다고?"
"네."
"그 불쌍한 것을 잡아서 뭐 하려고. 이 동네 매미는 다 똑같아. 참매미야. 참매미. 잘 들어봐. '매엠 매엠 매엠 매에에에'이렇게 울잖아. 이렇게 우는 것은 백 프로 참매미야. 확인할 것도 없어."

순신은 난감했다. 거의 다 왔는데, 조금만 더 오르면 잡을 수 있을 것 같았다. 아이들이 쳐다보고 있다. 이대로 내려간다면 실망할 텐데. 오늘 저녁, 아니 내일까지 영양제를 못 얻어먹을 지도 모르는 일이 아닌가. 조금만 더, 조금만 더 올라가는 거다. 순신은 경비 아저씨의 말을 못 들은 채 하며 두 다리로 몸을 밀어 올렸다. 눈앞에 매미가 있다. 이제 손만, 손만 뻗으면 된다. 그때 경비 아저씨가 소리를 쳤다.

"거기 아저씨 내려오소. 불쌍한 아이들 괴롭히지 말고 내려오소. 빨리."

매미가 울음을 멈췄다. 왼손의 힘이 빠졌고, 하필이면 불어온 바람에 잎이 흔들려 햇살이 눈으로 들어왔다.

이 모든 것들이 동시에 일어났다. 매미의 울음이 멈춘 것과 바람이 불어온 것과 눈부신 햇살과 이리 내려오라는 주문 같은 경비 아저씨의 말이.

대략 천 년

연꽃이 만발하네. 사람도 만발이네. 어휴, 도로 양쪽에 주차해놓은 차들 좀 봐. 사람들도 장난 아니게 많겠지. 땡볕에 고생 좀 하겠는걸. 그래도 휑한 것보다는 낫지. 십팔인지 십군지 하는 바이러스. 난 왜 자꾸 십구보다 십팔이라고 하는 거지? 아무튼, 그 사태가 해결되었으니 망정이지 어쩔 뻔했어. 경주로 단체 관광을 올 생각을 했겠어? 가게 문 열어놓고 면상을 맞대며 한숨만 쉬고 있겠지. 그러니 저 정도 줄 설 수 있는 것은 좋은 일이다, 다행이다 생각해야지. 그렇지 않아? 어허, 벌써 일어서지 마. 아직 조금 더 가야 해. 저기 보이는 게 첨성대니까 여기는 대릉원쯤 되겠네. 차 밀리는 것을 봐서는 내리려면 한참 남았어. 안압지, 아니 월지 근처에 간다 해도 주차도 해야 하고 우리가 일어선다고 바로 내릴 수 있는 것은 아니니. 아무튼 시간이 걸릴 거야. 앉아 있어. 조금만 기다리자고.

 참, 내가 하나만 일러줄게. 월지를 둘러보고 나면 보통 옆에 있는 연 밭으로 가거든. 가기 싫어도 가게 돼 있어. 사람들이 모두 거기로 갈 거니까. 연 밭에 가거든 꽃대 아래를 살펴봐. 선명한 분홍의 덩어리가 붙어있는 걸 볼 수 있을 거야. 예뻐. 뭘 것 같아? 그거 왕우렁이 알이야. 왕우렁이 알 본 적 없지? 있다고? 외래종이라고? 이 사람이. 글로벌 시대에 토종, 외래종 구별이 가당키나 해?

 허, 참. 아직도 저러고 있네. 저기 맨 앞자리에 앉아 있는 둘 보이지? 서로 고개를 외로 돌리고 앉아 있잖아. 중국집 하는 앤드류하고 빵집 주인 왕 씨야. 일 년 전이었나? 앤드류와 왕 씨가 다퉜어. 이후로 둘 사이가 회복이 안 되더라고. 그래서 오늘 내가 특별히 상가 번영회 총무한테 부탁을 했지. 둘이 같이 앉혀보라고. 지금까지는 의미 없네, 의미 없어. 하긴 한 번 틀어진 사이가 쉽게 풀리진 않겠지. 다툰 이유가 뭐냐고? 다투는데 이유가 있나. 쌓인 것들이 폭발하는 거지. 그냥 쌓이겠어? 특별히 어느 한 사람을 두고 쌓인 거겠어? 세상이 그랬던 거지. 올해가 이천이십삼 년이니 사 년 전 바이러스 십구가 나타났지. 한창 기승을 부렸고 거리 두기다 방역 강화다 해서 상가 분위기가 영 아니었어. 누구 하나 웃지 않던 시절이었지. 하루 종일 가게에 앉아 텅 빈 거리만 보고 있었어. 그렇게 멍하니 보다 보면 이상한 생각도 나고 곱게 보이던 것도 미워 보이고 그러는 거잖아.

물론 둘 사이가 저렇게 된 계기는 있지. 도화선 같은 것 말이야. 그러니까 그날은 재활용 쓰레기를 수거해가는 날이었어. 여름이었어. 더웠지. 예전 같으면 신경 쓰지 않았을 텐데 그날따라 빵집 왕 씨가 자기 가게에서 나온 폐지들을 쓰윽 본 거야. 그런데 이게 뭐야? 빵집에서 나온 폐지들 틈에 당근 상자가 보인 거지. 당근 상자 안에 흙도 조금 남아 있고, 물기도 좀 있고 하여튼 좀 그랬나 봐. 왕 씨가 상자를 들고 중국집으로 갔어. 앤드류를 불러냈지. 이름이 왜 앤드류냐고? 외국인이었어. 지금은 한국인이고. 교포 2세야. 앤드류 김. 모국 방문한다고 들어왔다가 자장면 맛에 반해서 눌러앉았어. 귀화도 했고. 우리 상가에서 중국집을 한 지가 벌써 이십 년 다 되어가. 빵집 왕 씨하고 비슷한 시기에 개업을 했으니까. 하여튼 왕 씨가 중국집 문을 열고 앤드류에게 이리 나와 보라고 했어. 고운 말, 부드러운 말투였겠어?

넓은 홀, 여남은 테이블 중 딱 한 테이블에 손님들이 있었어. 정수기 관리하시는 분들이었다지 아마? 상가 장사가 안 되니까 정수기 관리하시는 분들이 자기들 거래 업체를 돌아가며 방문해서 사 먹어주기도 하고 그랬나 봐. 고마운 일이지. 아무튼 자장면을 먹고 있던 손님들이 자장면 면발을 입에 문 채 고개를 돌려 왕 씨를 보았지. 탕수육 소자 정도는 추가로 시켜줬으면 하고 손님들을 바라보던 앤드류는 들고 있던 메뉴판을 놓쳤고. 메뉴판이 바닥에 떨어지면서 소리가 조금 크게 났어. 근데 그 소리를 들은 왕 씨가 또 오해한 거지.

이게 뭘 잘했다고? 지금 던진 거야? 너, 던진 거지?

앤드류가 얼마나 황당했겠어?

아니 그게 아니고, 놀라서 메뉴판을 놓친 건데.

왕 씨도 그 말을 듣고는 아차 했을 거야. 그런데 어떻게 해. 그 상황에서. 그랬어? 내가 오해했네. 미안. 그럴 수는 없었을 것 아니야? 왜 못 그러냐고? 보통은 그러기 힘들지. 왕 씨는 물러설 수가 없었어.

이 자식이 말끝도 흐리고. 이제 아래위도 없다 이거지? 그래 아래위 없다 치자. 그렇게 나오겠다면 나도 그렇게 대해주면 되니까. 그건 그렇고, 이 박스 왜 우리 쪽에 갖다 놓은 건데? 이 당근 박스 말이야. 우리는 당근 쓸 일 없거든.

그렇게 말하고는 당근 박스는 중국집 바닥에 던져버렸어. 박스에 있던 흙과 마른 잎사귀들이 중국집 바닥에 흩어졌지. 어머나. 손님들이 소리를 질렀어. 그렇게 시작된 거야. 앤드류가 박스를 집어 들고 박스에 인쇄된 영농조합 명칭을 가리키며 우리는 여기서 당근을 사지 않는다, 말했지만 왕 씨 귀에 들어올 리 없었지. 우리 상가에서 당근을 쓸 가게는 중국집 말고는 없거든. 빵집에서는 크로켓 만들 때나 간혹 쓰기는 하겠지만, 왕 씨 말로는 쓰는 양이 많지 않아 박스로 사서 쓰지는 않는다 하더라고.

그날 둘은 드잡이를 하는 상황까지 갔어. 좌우로 상가가 늘어선 텅 빈 거리 한복판에서 큰 목소리와 욕설이 오고 갔지. 결국 파출소에서 온 경찰이 중재를 하고 나서야 끝났어. 사실 그게 경찰까지 올 일은 아니지. 빈 박스야 누구 것이든 모아 놓으면 되는 것이고. 설령 자기 것이 아닌 박스가 들어와 있다고 해도 누구 것인지 찾아 나서는 사람도 잘 없지. 자기 일하기도 바쁘니까 말이야. 그리고 그 박스가 중국집 것도 빵집 것도 아닐 수도 있잖아. 상가에 있는 가게 중 누구든 마트에서 물건을 사고 담아올 때 썼던 빈 박스 중 하나일 수도 있지. 그러니까 평소 같으면 별문제가 될 일이 아니었다는 거야. 이건 전부 오로지 바이러스 십구 때문이야, 아니 십팔 때문이야. 저 두 사람 그전에는 사이가 좋았거든.

그런데 내가 누구냐고? 누구기에 저 둘의 사연을 이리도 잘 아냐고? 나, 상가 번영 회장이지. 번영 회장이면 우리 상가에서 벌어지는 일은 다 알지. 암, 다 알고말고. 오늘 이 행사를 기획하고 밀어붙인 사람도 나야. 이제 바이러스 십구 사태도 마무리되었으니 좋은 일이 생기지 않겠어. 상가에도 활기가 돌 것이고. 그러니 풀 것은 풀고 사과할 건 사과하고 해야지. 다툰 것이야 저 둘이지만 상가의 다른 가게 사장들 사이도 그리 썩 좋았던 것은 아니니까. 굳이 말하려면 많아. 저기 있는 둘도 그렇고, 맨 뒤에 앉아 있는 저 둘도 그렇고. 그래서 다 같이 가자고 했어.

저기 누각 보여? 누각 앞에 연못이 있어. 월지. 동궁은 어디냐고? 동궁은 없어. 동궁이 있었다고 추정되는 자리만 있지. 태종무열왕 알지? 문무대왕도 알고? 원래는 그 태종무열왕의 아들이자 문무대왕의 동생인 김인문의 집이었다네. 김인문이 당나라에 가서 외교를 잘했대. 신라와 당나라의 연합을 이끌어냈지. 문무대왕이 그 공을 치하해서 집을 하사했는데, 이후 나당 연합이 깨어지면서 상황이 바뀐 거야. 당나라 군대가 신라와 전쟁을 하러 오면서 김인문을 앞장세워서 온 거지. 김인문을 신라 왕으로 삼겠다는 것이었어. 김인문은 역적이 되었고 문무대왕은 집을 헐어버렸지. 그 자리에 동궁과 월지를 만든 거야. 동궁에 얽힌 이야기 하나만 더 할까? 신라 마지막 왕 경순왕이 왕건을 초대했고 동궁에서 큰 연회를 열었어. 견훤으로부터 신라를 구해달라는 것이었지만, 아닌가? 구해줘서 고맙다는 것이었나? 아무튼. 그 자리에서 왕건에게 신라를 맡아달라고 부탁을 했다네. 신라의 백성들을 위해서는 그것이 최선이라고. 그게 쉬운 결정이었겠어? 잠깐 상상하는 것만으로도 마음이 아려와. 동궁에 대해서 어찌 그리 잘 아냐고? 신문만 잘 봐도 다 알게 되어 있어. 신문에 특집 연재 기사로 나왔었거든. 장사도 안되고 하니 하루 종일 신문을 정독했거든.

 다 왔네. 이제 곧 내리겠어. 내릴 준비하자고. 그러고 보니 말이야. 앤드류는 김 씨고 빵집은 왕 씨니까. 옛날에 경순왕과 왕건이 만났던 것하고 같네. 김 씨와 왕 씨가 만난 거잖아. 차에서 내리면 저 둘을 불러놓고 경순왕과 왕건 이야기를 해줘야겠어. 괜찮은 명분이 될 것 같지 않아? 좋은 일이 생길 것 같아. 그렇지 않아?

 동궁을 배경으로 한 따뜻한 일화가 한 가지 더 생기는 거지. 대략 천 년 만에 말이야.

김은 오랜만에 복권을 샀다. 복권 명당이라 불리는 판매소 근처 식당이 약속 장소였고 약속 시간보다 조금 빨리 도착한 덕분이었다. 횡단보도에서 보행 신호를 기다리던 김은 문득 맞은편 보도에 제법 많은 사람들이 신호를 기다리고 있는 것을 보았다. 느긋하게 서 있는 것이 아니라 곧 두 발로 땅을 박차고 뛰어올 것 같은 긴장감이 느껴졌다. 신호기를 쳐다보며 출발신호를 기다리는 단거리 육상 선수들. 뭐지? 뒤로 돌아선 김은 무려 마흔두 번이나 복권 1등 당첨자가 나왔다는 현수막을 보았다. 복권을 판 수수료만으로 건물을 샀다는 소문을 들은 적 있었다. 그 판매소인가? 보행 신호가 들어오고 사람들이 길을 건너기 시작했다. 김은 복권을 살 생각이 없었지만 문득 어떤 의무감, 혹은 조바심 같은 것이 들었다. 자칫하면 복권을 사려는 사람들의 줄 뒤쪽에 서서 오랫동안 기다려야 할지도 모르잖아. 김은 서둘러 가게 안으로 들어갔고 지갑에서 오천 원권 지폐를 꺼내 손에 쥐었다.

지난밤 꿈이 이것을 말하는 것이었나? 꿈에 그녀가 나왔었다. 그녀의 손을 잡고 시내 중심가를 걸었다. 이야기를 나누고 뭔가를 먹기도 했는데, 사실 정확하게 기억이 나지 않는다. 그저 그녀가 꿈에 나왔다는 것만이 정확한 기억이다. 오십이 다 되어가는 나이에 어린 여가수의 꿈을 꿨다는 것이 왠지 부끄러워 주위에 말하지도 않았다. 글쎄, 소주 몇 잔이 들어가면 우스갯소리로 꺼낼 만하다고 생각했었다. 하지만 막상 복권 판매대 앞에 서니 혹시 하는 마음이 일었다.

자주는 아니지만 김은 꿈을 핑계로 가끔 복권을 샀었다. 왕이나 북쪽의 김 씨가 꿈에 나오거나 용을 보거나, 팔색조가 노래를 부르거나 똥을 밟는 꿈을 꾸었을 때는 부러 복권 판매소를 찾아갔다. 물론 결과는 형편없었다. 왕도 아니고 용도 똥도 아닌데 뭐. 개꿈이네, 개꿈. 그 날 아침, 그녀가 나온 꿈을 되새기던 김이 내뱉은 혼잣말이었다. 그랬던 김이 복권을 샀다. 그저 복권 명당이라 불리는 가게 근처 식당이 약속 장소였고 약속 시간보다 조금 일찍 도착했고 마침 그날이 그녀가 나온 꿈을 꾼 날이었던 덕분이었다.

술을 마시는 동안 김은 복권을 샀다는 사실을 까맣게 잊었다. 사내 셋이 어울려 마시다 보니 거나하게 취했다. 쉰 소리들, 이랬다면 저랬다면 하는 후회와 이렇고 저렇고 하는 한탄과 이렇다면 저렇다면 하는 헛된 희망들이 술잔 사이를 오갔다. 그러다 박이 대뜸 요즘 아내와 각방을 쓴다며 한숨을 내쉬었고 김과 홍은 그러면 그동안 한 이불을 덮고 잤던 거냐며 부러움인지 뭔지 알 수 없는 대단하다는 말을 한 것 같다. 누구도 한 잔 더 하러 가자, 자리를 옮기자는 말을 꺼내지 않았다. 박이 술값을 계산했다. 김은 얼마라도 보태기 위해 지갑을 열다 반으로 접힌 복권을 보고서야 자신이 복권을 샀다는 사실을 기억해냈다.

택시를 타고 집으로 돌아오는 길이었다. 김은 휴대폰으로 꿈에 나왔던 그녀를 검색했다. 이름과 그녀의 히트곡 몇 개의 제목을 알았고 개중 한두 곡의 멜로디를 흥얼거릴 수는 있었지만 꿈에 나올 정도로 좋아하지는 않았다. 그래서인지 궁금했다. 그래, 넌 왜 내 꿈에 나온 것이냐? 그녀의 사진을 보며 김이 물었다. 택시 기사가 백미러로 뒤를 보며 대답했다.

"네? 손님 뭐라고요?"

"아, 아닙니다. 혼잣말입니다. 신경 쓰지 마십시오."

김은 검색 화면을 덮으려다 그녀 사진 옆 프로필에 쓰여 있는 그녀의 생년월일을 보았다.

'1993년 5월 16일'

516이네. 재밌네. 그런데 이거 5, 16 어디서 봤는데. 5, 16. 이거….

김은 지갑에서 복권을 꺼내 복권 속 숫자를 살폈다. 5도 있었고 16도 있었다. 19도 9도 3도. 김은 얼굴이 달아오르는 것을 느꼈다. 빈속에 소주를 들이켰을 때 느끼는 그런 달아오름과는 달랐다. 쿵쿵쿵쿵. 심장 뛰는 소리가 들리는 듯했고 얼굴은 뜨거워졌다. 동시에 머릿속은 이상한 감각들로 차기 시작했는데 조이는 듯 답답한 듯, 하지만 아프지는 않은 그런 감각이었다. 그러면서도 어지러웠고 눈앞은 캄캄해졌다가 또 부셨다가. 안경을 벗고 손등으로 몇 번을 눈두덩을 문질렀지만 소용이 없었다.

집에 들어선 김은 아내와 아이들에게 인사를 하는 둥 마는 둥 방으로 들어가 지갑에서 복권을 꺼냈다. 읽고 있던 소설책 사이에 복권을 끼우고 책을 덮었다. 옷을 갈아입고 거실로 나왔다. 아내와 아이들은 치킨을 먹고 있었다.

"많이 먹었겠지만 이리 와서 한 조각이라도 드세요."

아내가 옆자리를 비우며 말했다. 김은 아이들의 머리를 쓰다듬은 뒤 아내의 옆자리에 앉았다.

"배불러. 그건 그렇고. 여보, 복권 샀어."

"복권 처음 사는 것도 아닌데, 웬 호들갑?"

"그게 내가 엊저녁에 아이유 꿈을 꿨거든."

"걔가 왜 자기 꿈에 나와? 당신 아이유 좋아해?"

"싫어하는 건 아니지. 꼭 꿈 때문만은 아닌데 아무튼 복권을 샀거든. 그런데 오면서 보니까 아이유 생년월일에 들어 있는 숫자가 내가 산 복권 속에 다 들어 있는 거야. 신기하지 않아? 1등 당첨되면 어쩌지?"

아내는 치킨 기름이 묻은 손을 물휴지로 닦고는 손을 내밀었다.

"정말? 어디 봐요."

"책에 꽂아두었지. 쫙 펴지라고. 접어서 지갑에 넣었었거든."

김은 전날 밤의 꿈과 횡단보도에서 맞은편 사람들을 보며 느꼈던 어떤 의무감과 조바심, 그리고 의도하지 않았지만 살 수밖에 없었던 복권, 돌아오는 택시 안에서 확인했던 번호들에 대해 이야기를 늘어놓았다. 아내는 정색하고 마주 앉아 김의 이야기를 들었다. 김은 아내의 볼이 약간 붉어졌다고 생각했다. 치킨을 다 먹은 아이들이 방으로 돌아가자 아내는 텔레비전을 보고 있는 김의 옆으로 와 앉았다. 그리고 물었다.

"당신 만약에 말이야, 만약에 복권 1등 당첨이 됐다고 쳐.

그 돈으로 뭐 할 거야?"

"1등? 하하. 당신도 내 말이 솔깃한가 보지? 사실 나도 긴장되기는 해. 뭐 할지는 당첨금이 얼마냐에 따라 다르겠지. 요즘은 예전처럼 많지는 않더라고. 그래도 적은 돈은 아니지. 토요일 발표니까 아직 삼 일 남았네. 당첨되고 생각해도 되는 것 아닌가?"

"무슨 소리야, 지금 생각해 둬야 적어도 삼 일 동안 행복할 거잖아."

침대에 누워도 잠이 오지 않았다. 오히려 술기운이 깨는 것인지 의식이 또렷해졌다. 당첨이 되면 뭘 하지? 직장은 계속 다녀야겠지. 1등은 서울까지 가서 당첨금을 받는다던데 하루 연차를 써야겠네. 세금 때문에 1등 당첨 복권을 사는 사람들이 있다던데 그 사람들은 어디 가야 만날 수 있지? 등의 생각이 꼬리를 물고 이어졌다. 김은 이리저리 뒤척이다 결국 일어나 앉았다. 등을 돌리고 누워있던 아내가 돌아누우며 말했다.

"자기도 잠 안 오지? 나도 잠이 안 오네. 오늘 이상하네."

아내는 베개를 고쳐 베며 말을 이었다.

"당첨되면 말이야, 그걸로 서울에 아파트 한 채 사자."

"아파트?"

김은 우리가 사는 곳이 P시이고 서울에 살 일도 없는데 서울 아파트가 무슨 필요가 있냐며 되물었고 아내는 꼭 사람이 살기 위해 아파트를 사는 것은 아니지 않냐, 나중에 아이들에게 큰 도움이 될 수도 있고, 또 지방 아파트야 몇십 년이 지나도 가격이 그대로지만 서울은 다르지 않냐며 '서울 아파트 사자.'를 반복했다. 김은 그게 바로 투기라면서 그런 생각 때문에 우리 사회가 이 모양 이 꼬라지가 된 것이라며 핀잔을 주었다. 김은 자신의 목소리가 약간 커졌고 숨소리가 거칠어졌다 느꼈지만 굳이 목소리를 낮추고 싶지 않았다. 아파트라니, 그것도 서울 아파트라니. 지금 살고 있는 집도 충분히 좋은데 그 큰돈을 달랑 아파트 한 채를 사는데 다 써버리자니. 김은 화가 났다.

"복권 사는 것은 투기가 아닌가, 뭐."

"암튼 서울 아파트는 절대 안 돼. 그러느니 차라리 기부를 해버릴 거야. 전부."

"기부? 우리가 기부받아야 하거든. 암튼, 어찌 되건 당첨금 절반은 내 몫이야. 부부니까. 그렇게 알아둬. 전세를 끼는 한이 있더라도 난, 서울 아파트 살 거야. 마음 정했어."

아내는 다시 등을 보이며 돌아누웠다.

"아니, 당첨이 된 것도 아닌데 벌써 왜 이래? 포항 앞바다에 기름이 나온 것도 아닌데 벌써 부자 된 것처럼 말하는 사람들이랑 똑같네. 똑같아. 기름이 있다 쳐. 그걸 꼭 꺼내 써야 하나? 그냥 좀 두면 안 되나? 그동안 환경이니 미래니 떠든 건 다 뭔데?"

김은 아내의 등 뒤에 대고 말했다. 아내는 이불을 당겨 덮었다. 그러고는 혼잣말을 하듯 중얼거렸다. 거기서 포항 앞바다 기름이야기가 왜 나와? 복권이야기하다 뜬금없이. 할 말 없으면 항상 저런 식이지. 어린 가수 꿈이나 꾸는 주제에. 당첨만 돼봐라. 무조건 절반은 내 거다.

같이 가자 해놓고

그러게. 같이 가자, 하지 않았어요? 한날한시에 손 꼭 잡고 눈길 한 번 맞춰보고 고개 한 번 끄덕이고 그러고 가자, 하지 않았어요? 애들 번거롭지 않겠다. 문상객들도 편하겠다. 그렇게 말하지 않았어요? 아니지, 아니지. 나는 무조건 당신 다음에 가야지. 그래야 당신 가는 길에 꽃도 뿌리고 향도 피우고 내 그동안 당신한테 못 해준 것, 잘못한 것 다 갚지는 못해도 꽃도 뿌리고 향도 피우고 그거라도 해야지. 그래야지. 난 무조건 당신 다음에 가야지. 그러지 않았어요? 결국은 또 말뿐이었네요. 당신 귀에 인이 박이도록 했던 말, 내가 수없이 내뱉었던 그 말, 맨날 말만 하고 바뀌는 게 없다는 그 말을 내가 또 하고 있어요.

준연은 입을 열어 말하지 못했다. 그저 입안을 맴도는 말덩이들을 꾸역꾸역 삼키는 중이었다. 허리께를 더듬어 닮을 것을 찾았으나 손에 닿는 것이 없었다. 그저 흐르는 것은 흐르는 대로 둘 수밖에. 하긴 언제 이렇지 않았던 때가 있었나.

 애들은 괜찮을 거예요. 해준 것 없이 잘해온 애들이니. 내딛는 걸음마다 걸리는 것 없이, 바로 가든 돌아가든 지들 가고 싶은 곳으로 잘 걷는 것 보았잖아요. 첫걸음을 뗄 때 알아보아야 했는데 말이에요. 그저 우리 같을까 싶어, 넘어질까 싶어 그저 엉덩이를 받힌다 어깨를 잡는다 호들갑을 떨었지요. 넘어지면 그게 또 뭐 대수라고. 그래도 대견하지 않아요? 당신도 그랬잖아요. 참 대단한 녀석들이라고. 애들은 잘할 거예요. 걱정하지 말아요.
 여긴 아침저녁으로는 쌀쌀해졌어요. 검고 붉은 감나무 잎이 모란 아래 쌓였어요. 당신이 참 좋아했던 모란인데. 십칠 년쯤 되었다고 십칠만 원에 샀지요. 지금은 오십만 원쯤 되겠네요. 이제는 제법 꽃이 많이 핀답니다. 자줏빛 빌로오드 꽃이 활짝 필 때면 어쩔 줄 몰라 하던 당신이었는데. 라탄 의자에 앉아 모란을 보며 담배를 피우던 당신의 모습이 떠올랐어요. 나 당신이 담배 피우는 게 그렇게 싫었는데, 그 모습 하나는 조금 좋았어요. 아니 그 순간 당신은 제법 멋졌어요.

모란과 당신과 하얗게 피어오르던 담배 연기와…. 그런 것들로 가득했던 봄.

　참, 올해는 유채도 활짝 피었어요. 몇 해 전부터 집 옆 공터에서 보이더니 이번 봄은 장관이었어요. 길 가던 사람들이 사진 찍겠다고 줄을 섰다니까요. 유채를 보며 당신, 아니 우리를 생각했어요. 그해 봄, 파랑과 노랑 사이에 우리가 있었지요. 화산석 돌담을 사이에 두고 당신은 노란 유채밭을 등지고 있었고, 나는 파란 바다를 배경으로 서 있었어요. 당신과 나 사이 현무암 담장 틈을 오가는 바람이 당신 옷자락을 흔들었어요. 이리 오라, 당신이 손을 뻗어 나를 부르는 것처럼 보였지요. 하지만 난 쉽게 발을 떼지 못했어요. 바다가 항상 자기 자리에 있는 것처럼, 제가 서 있던 자리는 익숙하고 오래된 제 자리였거든요. 봄이 되어야 피어나는 유채꽃, 시간이 지나면 사라질 유채꽃. 당신은 제게 그런 어떤 존재였어요. 알지요? 저는 결혼이란 것을 하고 싶지 않았다는 것을. 당신이 싫어서가 아니었다는 것도. 얘기했지요? 그때의 저는 한곳에 머물지도, 한 사람에게 책임을 다하고 싶지도 않았다는 걸. 그때 제가 제법 모질었지요. 사랑은 시간이 지나면 잊힐 거라고 지금 서로를 어루만지고 같이 있고 싶어 하는 것은 순간의 감정이라고. 당신에게 그렇게 말했지요. 미안해요.

우리가 다시 마주한 순간이었어요. 화산석 돌담은 접견실 유리창인 양 놓여있었고, 어색한 눈빛과 말끝을 흐리는 안부 인사가 이어졌어요. 그런데 이상하게 아쉬운 거예요. 당신을 그렇게 보내고 싶지 않았어요. 그런 마음이 제 속을 채우는 거예요.

유채꽃이 예쁘네. 나, 사진 한 장만 찍어주면 안 될까? 사실 당신이 입을 열기를 기다렸어요. 저는 고개를 끄덕였고 담장을 넘어갔지요. 담장 틈 사이로 바다 내음이 들어왔고 우리는 같이 사진을 찍었어요. 손을 마주 잡았고 그렇게 우리는 평생을 약속했고요.

어제는 조금 덜 익은 감을 몇 개 따다 식탁에 올려두었어요. 좀 두었다 맛이나 보려 했지요. 그냥 두었다가는 직박구리들이 다 쪼아 먹을 것 같았거든요. 걱정 말아요. 손이 닿는 곳 위로는 따지 않았으니. 따지도 못해요. 사다리든 무엇이든 밟고 올라서는 일은 이제 못한다는 걸 당신도 알잖아요. 몇 계단 밟고 오르지도 못할 거면서 뭔 애를 그리도 썼을까요? 그때 그 시절 우리 말이에요. 암튼, 작년에는 해갈이를 하는지 감이 별로 열리지 않더니 올해는 제법 많이 달렸어요. 그러니 새들 걱정은 안 해도 돼요. 그러니까, 우린 이게 문제였던 거예요. 알아서들 잘 사는데 굳이. 그렇지 않아요?

거긴 어때요? 따듯하고 좋아요? 듣던 대로 즐겁고 기쁜 일만 가득합니까? 뭐 재밌는 일이 있을까, 나는 별로 기대는 안 합니다. 그저 당신 얼굴 한 번 볼 수 있으면 좋겠다 싶기는 해요. 당신이 기다리고 있다면 말이에요.

창을 열어두었나? 준연은 마룻바닥을 타고 오르는 고소한 냄새를 맡으며 집안의 창들을 떠올렸다. 아침에 환기한다고 열었던 창 중에 닫지 않은 것이 있는지, 일 층부터 이 층까지 머릿속으로 한걸음, 한걸음 내디뎠다. 아닌데, 다 닫았는데. 어디서 들어오는 냄새지? 자동차 매연이나 먼지 냄새는 아닌데, 고소한데, 누가 뭘 고나? 아. 장어.

이젠 정말 갈 때가 되었나 봐요. 금방 했던 일인데 돌아서면 잊어버리니. 글쎄 둘째 아이 목소리가 조금 안 좋더라고요. 무슨 일인지 모르겠지만 풀이 좀 죽은 것 같기도 하고. 무슨 일인지 당연히 말하지 않을 것이고, 말한다 해도 내가 해줄 수 있는 것이 없을 것이고. 그러니 내가 뭘 했을 것 같아요? 알지요? 시장에서 민물장어를 사다 고았지요. 뭐든 해야 했거든요. 아파도 장어, 피곤해 보여도 장어, 슬퍼해도 장어, 만병통치약 같은 장어. 당신이 리듬까지 붙여가며 노래를 불렀잖아요. 장어들이 튀어나올까 봐 곰솥 냄비 뚜껑을 손으로 누르고 있는 나를 돕지는 않고 놀리듯 노래만 불렀지요. 아니에요. 가끔 도와줬다는 것도 기억해요. 아무튼 장어를 사다 고았어요. 식혀서 기름 덩이를 걷어내려고 뚜껑을 열어두었는데, 그 냄새가 이리 흘러 들어왔네요. 작은 통에 나눠 담아야 하는데. 내가 이리고 있네요. 조금은 졸린 것 같기도 하고.

 냄비 뚜껑이라도 덮어두어야지. 준연이 바닥을 짚고 일어서려는데 손에 힘이 들어가지 않았다. 그나마 답답했던 가슴은 조금 나아졌다. 아니 답답하지 않았다. 발끝의 저림도, 욱신거리던 종아리의 아림도 처음부터 없었던 것처럼 사라졌다. 뻐근하던 허리의 통증도 느껴지지 않았다. 마치 허리가 없어진 것처럼. 냄새도 창도, 빛도 사라졌다. 벌써 밤인가? 내가 언제 일어났더라? 여기가 어디더라?

 간다는 게 이런 건가 봐요. 당신도 이런 기분이었을까요? 아니었을 거예요. 당신이 가는 길 옆에는 제가 있었으니까. 당신 이마며 눈꺼풀이며 입술이며 내 이 두 손으로 다 한 번씩은 쓰다듬었으니까. 다행이었어요. 조금은 부럽기도 하고. 그래요. 할 말은 해야겠어요. 같이 가자 해놓고. 한날한시에 손 꼭 잡고 눈길 한 번 맞춰보고 고개 한 번 끄덕이고 그러고 가자 해놓고. 무조건 나 다음에 간다 해놓고. 나 가는 길에 꽃도 뿌리고 향도 피우고 나한테 못 해준 것, 잘못한 것 다 갚지는 못 해도 꽃도 뿌리고 향도 피우고 그거라도 해놓고 간다 해놓고. 그렇게 말해놓고. 그럴 줄 알았어요. 결국 이렇게 되고 말았네요. 맨날 말만. 당신 귀에 인이 박이도록 했던 말, 내가 수없이 내뱉었던 그 말, 맨날 말만 하고 바뀌는 게 없다는 그 말을 내가 또 하고 있어요. 거기서 기다려요. 한 발자국도 움직이지 말고. 나 지금 가니까. 가서 또 말할 테니까. 말만 하는 당신이라고.

작가의 말

기다릴 시간입니다

 책상 위 책들이 쌓였습니다. 읽은 책, 읽다가 만 책, 사놓고 그냥 둔 책. 책들 사이에 노트북이 있습니다. 노트북 오른쪽 귀퉁이에는 스탠드 등이 있네요. 의자는 등받이가 없는 장의자입니다. 장의자에도 책이 가득입니다. 박스 채 놓아둔 것들, 언젠가 읽으리라, 하루에 한 꼭지씩 읽으리라 다짐했던 책들입니다.

 맞은편에는 등받이가 있는 의자가 있습니다. 그의 의자입니다. 그는 그곳에서 책을 읽고 차를 마십니다. 문득문득 무언가를 찾는 듯 창밖을 내다보기도 합니다. 가끔은 글을 쓰는 저를 바라보기도 하지요. 애정으로 꽉 찬 그런 눈길은 아닙니다. 뭐 하나? 하는 그런 눈빛.

 맞은편 의자 너머 작은 CD플레이어와 스피커가 있습니다. 요즘은 이무지치가 연주하는 비발디의 사계를 듣습니다. 격렬하면서도 경쾌한 현악기 연주는 졸린 오후를 깨우는 적당한 각성제입니다.

 벽에는 그의 고향을 닮은 그림이 걸려 있습니다. 태풍이 오기 직전, 아직은 바람이 불지 않는 노란 들판입니다. 절정에 다다르기 전 고개를 들어 그림을 봅니다. 숨을 고르고 그장고는 다시 자판을 두드립니다.

 뒤로는 책장이 있습니다. 벽면을 가득 채우고 천정까지 오른 책장입니다. 지나간 책들과 역시나 읽지 못한 책들이 빼곡합니다. 맨 위까지 손이 닿지 않는 탓에 오르내리는 사다리도 있네요. 책장 칸을 채우고 넘친 책들이 옆으로 누워있습니다. 아마도 읽은 책들일 겁니다.『금강경』과『맹자』가 보입니다. 정미경 선생의 소설, 백수린 작가의 소설에 눈이 갑니다. 송기원 선생의 월행도 있네요. 참 좋아하는 소설입니다.

  고개를 돌리면 거실 창밖으로 라탄의자와 테이블이 보입니다. 봄이든 가을이든 그와 제가 즐겨 앉는 곳입니다. 햇살과 바람을 찾다보면 어김없이 그곳에 앉아있고는 하지요. 여름, 따가운 볕에도 간혹 앉을 때가 있습니다. 영글어가는 감을 세고 가을을 상상하며 입맛을 다시는 것이지요. 요즘은 경쟁자가 생겼습니다. 전부터 어슬렁거리며 정원을 배회하던 길냥이들이 라탄의 맛을 알아버렸습니다. 제가 앉아 있으면 두세 걸음 떨어진 곳에서 보며 소리를 냅니다. 자리를 내어 놓으라고.

  그보다 조금 더 멀리 상사화가 피었습니다. 늦은 봄 불쑥 나온 잎에 설렜고 여름 어느 날 잎이 사라진 그 자리에 솟아오른 꽃대를 보았습니다. 상사화, 꽃 이름을 다시 한 번 떠올렸답니다. 철쭉, 영산홍, 불두화. 어느 이름 하나 빼 놓을 수 없네요. 제비꽃, 무스카리, 돌단풍, 결명자, 백합, 수선화, 원추리, 비비추, 모란이 시간을 둘러가며 꽃을 피웁니다. 오고가는 계절을 알려줍니다.

  이곳에서, 이 시간에, 이 사물과 함께 글을 썼습니다.
  많은 말을 했습니다. 이제 입을 다물어야겠습니다. 기다릴 시간입니다.

2025년 9월 지곡에서 김 강

도서출판 득수

곧, 그 밤이 또 온다

1판 1쇄 2025년 10월 27일

지은이	**김 강**
펴낸이	**김 강**
편집	**김다현**
디자인	**토탈인쇄** 054.246.3056
인쇄·제책	**삼영정밀인쇄소**
펴낸 곳	**도서출판 득수**
출판등록	2022년 4월 8일 제2022-000005호
주소	경북 포항시 북구 장량로 174번길 6-15 1층
전자우편	2022dsbook@naver.com
ISBN	979-11-990236-9-7

값 17,000원

※ 이 책 내용의 전부 또는 일부를 재사용하려면 반드시 저작권자와 도서출판 득수 양 측의 동의를 받아야 합니다.